CE QU'ON N'A PAS
Laurent Gilles
E. BERNARD, IMPRIMEUR-ÉDITEUR, PARIS

Celle qu'on n'a pas

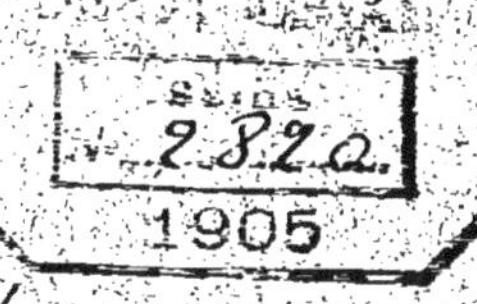

PARIS

E. BERNARD, IMPRIMEUR-ÉDITEUR

20, Quai des Grands-Augustins, 20

SUCCURSALES

1, Rue de Médicis, 1 — Galeries de l'Odéon, 8-9-11

Celle qu'on n'a pas

I

Le bourg de Monclin-sur-Troude n'avait pas de journal ; mais il possédait un reporter : M. Poulette-Etevé.

Doué d'aptitudes remarquables pour la profession, il y aurait fait merveille si le sort injuste ne l'eut condamné à passer sa vie obscurément dans une boutique où il vendait à la fois de l'épicerie, de la bonneterie et de la charcuterie, car les ressources de Monclin ne permettaient pas qu'un commerce s'enfermât dans une spécialité unique.

On voyait à son étalage des tricots et des robes d'enfant, des galoches et des bas, des pelottes de laine et des bonnets, des bocaux de bonbons multicolores, des amandes sèches et une bande de cervelas.

Au-dessus de la porte était peint en lettres ombrées le mot : « Nouveautés » auquel il aurait été plus exact de substituer celui de : « Nouvelles. »

On pouvait s'adresser là à coup sûr pour les avoir fraîches. Poulette connaissait les moindres particularités concernant chacun ; il savait quand un habitant de Monclin partait en voyage, où il allait et ce qu'il y allait faire ; il était renseigné sur ce que les ménagères des principaux bourgeois avaient acheté au marché ; il passait devant les portes pour faire son inspection matinale, sous prétexte de promenade, observant dans les tas d'ordure les cosses de melon ou les écailles d'huîtres dénonciatrices d'une existence fastueuse.

Fidèle à son devoir de nouvelliste, M. Poulette se dirigeait un jour à petits pas vers la gare, de façon à s'y trouver comme par hasard à l'arrivée du train de 11 heures 35.

On attendait des personnages qui excitaient quelque curiosité à Monclin : Lucienne Suret et son mari, M. Lemény, ancien préfet et ancien candidat aux élections législatives, allait y faire sa première apparition depuis deux ans qu'il avait épousé la nièce de M. Savelon.

Poulette, au tournant de la rue, aperçut ce dernier qui trottinait vers la gare de son petit pas d'ataxique. Il le salua de loin avec la considération due au plus gros propriétaire du bourg.

Pour laisser venir l'heure, il s'arrêta un instant à causer avec le cocher de l'omnibus de l'hôtel du Commerce ; puis il fit encore un bout de conversation devant le guichet, avec Mme Lavalard, la préposée aux billets.

Enfin le train arriva, et Poulette en vit descendre d'un compartiment de première classe avec Mme Lemény qu'il reconnut, un homme de haute stature et de belle prestance enveloppé dans un cache-poussière gris.

Deux bonnes sorties d'un wagon de troisième classe
vinrent débarrasser M. et Mme Lemény de leurs paquets pendant que Savelon qui avait été les attendre
sur le quai, embrassait sa nièce et donnait une poi-
gnée de mains à Lemény.

Sautillant aux côtés des arrivants, le bonhomme
les conduisit à l'omnibus. Il n'avait plus qu'un seul
cheval depuis longtemps et ne songeait pas plus que
si elle eut été une voiture de sacre à atteler la grande
calèche toute couverte de toiles d'araignée, au fond
de sa remise.

Poulette leva son chapeau au passage du groupe.
Lucienne le reconnut. Elle s'arrêta, tendant sa petite main finement gantée.

— Tiens, bonjour, Monsieur Poulette, comment
va Hermance ?... Et Mme Poulette ?

— Très bien, merci... Et c'est M. Lemény ?... dit
Poulette en se tournant vers Lemény.

— Mon mari que je vous présente... M. Poulette...
Le père de la plus belle fille du pays... Elle est si jolie, Hermance !...

— Alors vous voilà habitants de Monclin-sur-Troude ?
dit Poulette sans s'arrêter au compliment.

— Mais oui, du moins pour un certain temps... Les
médecins ont prescrit à mon mari de quitter Paris
pendant quelques mois,... il y a un si bon air ici !...

— Ah ! pour cela, oui, que l'air est bon ! appuya
Poulette.

— Allons, au revoir, Monsieur Poulette... Vous
m'enverrez Hermance, n'est-ce pas ?

M. et Mme Lemény prirent place avec les bonnes

dans l'omnibus, Savelon n'y voulut pas monter, disant qu'il avait des œufs de fourmis sous les pieds et qu'il préférait marcher.

Une heure plus tard, tout Monclin connaissait le portrait physique et moral de M. Lemény : un homme grand, blond, chauve, portant toute sa barbe taillée court et en pointe, avec un air froid, réservé qui tenait les gens à distance, et se mettant un « concon » dans l'œil. C'est ainsi que Poulette appelait un monocle.

Mme Lemény avait eu beau dire que la santé de son mari avait besoin de la campagne et qu'il était à Monclin par ordonnance des médecins. Chacun savait les vrai motif de leur séjour : « ils viennent soigner l'héritage », disait-on.

Tout le monde trouvait cela d'ailleurs très naturel et très juste, à commencer par Savelon lui-même qui ne se faisait pas d'illusions non plus sur les raisons du subit amour qui s'était emparé de ses neveux pour leur vieux parent et son humble bourgade : lui aussi estimait juste et naturel que ses héritiers vinssent rendre cet hommage à la fortune qu'ils attendaient de lui.

II

En province, dans nos chefs-lieux de préfecture, on retrouve encore les élégantes et libertines traditions des ministres de Louis XV. Beaucoup de nos préfets se croient obligés de jouer auprès de leurs administrées un rôle de Saint-Pouange au petit pied.

Tiburce Lemény s'était dispensé de cette partie de ses attributions ; il avait résisté aux agaceries des beautés de Rhône-et-Durance, laissant à ses conseillers Mme Buron-Marguet, la jolie femme du conservateur des hypothèques, à son secrétaire général, Mme Nique, l'épouse encore désirable à quarante ans du receveur des contributions indirectes et à son secrétaire particulier, la rêveuse compagne de l'archiviste. La directrice de l'Ecole Normale de jeunes filles, très belle personne aux yeux magnifiques et aux lourdes torsades de cheveux noirs, avait réédité un mot de Mme de Sévigné sur Colbert pour caractériser la froideur de son préfet ; elle l'appelait : « le Nord. »

Par principe, Tiburce Lemény était resté garçon, il professait qu'il fallait réduire la femme à son minimum dans la vie d'un homme de travail et de pensée, se complaisant à répéter cet aphorisme : *Philosopho melius nil cœlibe vità*. Il disait aussi que les simples citoyens devaient se marier pour faire de la matière à administrer ; mais que les fonctionnaires pouvaient s'en dispenser : « l'Etat, ajoutait-il, est célibataire. » C'était un mot qui semblait spirituel et qui en réalité ne signifiait pas grand chose.

Caractère studieux égaré dans la politique d'arrondissement, Lemény employait les rares loisirs que lui laissait le soin de son administration à des recherches archéologiques qui l'avaient lié avec son archiviste, un pâle et long garçon qui savait de minutieuses particularités sur les origines des familles du pays et qui était le seul dans la ville à ignorer la conduite de sa femme.

Ce n'était pas que Tiburce Lemény fut comme ce dernier un cœur glacé et une imagination sans flamme ; mais son esprit absorbé par le goût des études sérieuses, joint à une certaine dose d'ambition, s'était de bonne heure détourné des choses de l'amour. Moins insensible qu'on ne le croyait aux séductions féminines, il s'en gardait avec soin, estimant que rien n'est nuisible au calme prescrit pour une bonne hygiène morale comme le babillage incessant et futile, comme la constante déraison, l'injustice indéfectible et immanente, les jalousies, les colères et les nerfs d'une femme.

Soucieux de conserver la sérénité de son esprit et l'indépendance de son humeur, il s'était même défendu contre les liaisons de quelque durée pendant ses années de quartier latin, il avait toujours su empêcher les gentilles visiteuses qu'il avait reçues parfois dans son petit logis de la rue Racine, d'y prolonger leur séjour au delà du premier déjeuner.

Depuis longtemps il avait borné à peu de minutes son contact avec l'Eternel Féminin ; il profitait d'un voyage à Avignon, la métropole de sa région, ou à Paris, quand le ministre de l'intérieur le faisait demander. Bien vite, le court entretien terminé, il revenait à ses occupations habituelles, allait voir des députés à la Chambre pour causer des affaires de son département ou passait une après-midi aux Archives ou à la Nationale, pour éclaircir un point d'histoire sur lequel les documents locaux n'avaient pu lui permettre de faire la lumière complète.

Il advint que les hommes politiques qui composaient la représentation du département de Rhône-et-Durance cessèrent d'être d'accord avec le ministère. Lemény se solidarisa avec eux et donna sa démission :

— Nous aurons un député de plus à nommer aux prochaines élections, lui dirent ses amis. C'est vous que nous ferons porter... Vous êtes sûr d'être nommé.

Lemény les en crut; il loua une maison au chef-lieu, fit de l'opposition à son successeur et se présenta l'année suivante aux élections législatives. Il fut battu.

— Restez, lui dirent encore ses amis. Livrez avec nous le bon combat. Dans quatre ans vous serez certainement élu.

Le délai parut trop long à Lemény. Il céda la fin de son bail et partit pour Paris.

Il avait une assez belle fortune et renonça sans regret à la politique pour se consacrer aux travaux d'érudition qui convenaient mieux à sa nature et à ses goûts.

La « sexualité, » comme il disait, ne tint pas plus de place dans sa vie à Paris que dans sa préfecture. Ses colloques amoureux étaient aussi espacés et aussi brefs que possible.

Il se hâtait de remettre son pardessus et de reprendre sa canne et son chapeau. La dame hospitalière n'insistait pas pour le retenir. Obligeante, elle venait sur le palier l'éclairer avec sa bougie qu'elle tenait au-dessus de la cage de l'escalier.

Il descendait rapidement, cramponné à la rampe et trébuchant parfois sur les marches que brouillaient les ombres des barreaux.

La lumière n'arrivait pas jusqu'aux étages inférieurs. En bas, le corridor était tout noir. Lemény criait au hasard dans les ténèbres, ne sachant pas où était la loge du concierge : — Cordon, s'il vous plait !... Alors il entendait un bruit de déclic et une bande de clarté dessinait le cadre de la porte qui s'ouvrait.

C'était un sentiment de délivrance qu'il éprouvait à se retrouver dans la rue et quand il était rentré chez lui, il lui semblait bon d'être seul.

Tiburce Lemény approchait de la quarantaine et il éprouvait quelque confusion parfois avec ses tempes blanchissantes à courir trois ou quatre fois par mois les piètres et banales aventures de l'amour tarifé, à pénétrer dans des établissements où se tient la bourse des filles, à franchir le seuil de louches demeures, à retrouver dans toutes les chambres la même odeur de basse parfumerie, les mêmes photographies dans les rainures de la glace de messieurs à l'expression sentimentale et au sourire de fatuité, les mêmes rideaux de soie jaune au ciel du lit, la même suspension d'albâtre à mettre la veilleuse et au mur le même tableau représentant Napoléon blessé devant Ratisbonne, qui se faisait panser, un pied sur l'étrier.

Il y avait des jours aussi où Lemény ne pouvait se défendre de trouver que sa vie était bien solitaire. Il avait voyagé ; il connaissait beaucoup de musées et de sites célèbres d'Italie, de Suisse et d'Allemagne,

Les déplacements ne le tentaient plus. A l'approche de l'hiver, il se sentait devenir frileux et ca-
sanier. A certains soirs il trouvait ennuyeux de faire
sa toilette et de se jeter dans le froid et la nuit du
dehors pour aller dîner ou causer chez des amis. Et
pourtant quand il avait écrit ou lu toute la journée
devant son feu, dans sa grande bergère à oreilles, il
éprouvait le besoin d'une autre société que celle de sa
vieille bonne Gertrude, à moitié sourde et que l'âge
rendait maussade.

Tel était son état d'âme quand la femme d'un de
ses anciens camarades de Louis-le-Grand, Mme Péchin, lui dit un jour : — Il faut que je vous fasse connaître une jeune fille charmante, jolie, très intelligente, voux verrez... Ce serait une femme délicieuse.

— Comment ! Vous voulez me marier ? s'écria Lemény. Je croyais avoir passé l'âge où l'on est exposé
à cette sorte de danger... Il est vrai que dans nos
temps de renversement de toute chose, on voit des
hommes mûrs qui ont la rougeole...

— J'ai pénétré votre psychologie ; je parie que
vous ne répugneriez pas au mariage.

— Vous connaissez mes principes...

— Vos principes, vos principes... Au fond vous êtes
tout prêt à y renoncer, à vos principes... Vous n'osez
pas me l'avouer par mauvaise honte, mais vous mou-
rez d'envie que l'on vous fasse une douce violence.

Lemény souriait sans répondre.

— Alors, je vous fais dîner après-demain avec ma
jeune fille ? demanda Mme Péchin. Il ne faudra

pas m'envoyer une excuse au dernier moment...
Peut-on compter sur vous ?

— Comme convive, oui ; comme épouseur, je demande à réfléchir.

— Alors c'est entendu ; je l'invite pour samedi avec sa mère... surtout ne me faites pas faux bond !...

— Quand m'avez-vous vu reculer devant une aventure ?... Madame, j'ai une théorie là dessus... Je suis joueur et je ne touche jamais une carte ; je ne joue à aucun jeu... Or, il y a en moi un besoin de hasard auquel je ne donne pas d'exutoire et qui s'accumule jusqu'au moment où il me pousse aux plus folles témérités...

C'est ainsi que Tiburce Lemény avait cédé à la curiosité de connaître la jeune merveille dont on lui parlait. Il avait accepté de rencontrer Madame et Mademoiselle Suret à un dîner chez Mme Péchin.

Au sortir de table, pendant qu'il causait au fumoir avec son ami Péchin, la maîtresse de maison s'échappa un instant du salon pour venir lui dire : — Vous plaisez ; vous plaisez beaucoup... Mon cher, mes félicitations sincères...

Apprendre qu'on a fait une impression aussi favorable sur une jeune fille de vingt-cinq ans, c'est bien de quoi faire perdre le sang-froid à un quadragénaire, fût-il de sens plus rassis que ne l'était Lemény.

A partir de ce moment, le célibataire était vaincu et ne se défendit plus que pour la forme. Facile à subir la suggestion et souvent victime d'une imagination qui ne lui laissait apercevoir qu'un seul aspect

des choses, ce ne fut qu'après le mariage qu'il se
demanda comment diable il s'était laissé marier sans
plus de résistance.

Il ne put jamais trouver une réponse pleinement
satisfaisante à cette question.

III

Au retour d'un voyage de noces en Italie, Tiburce
Lemény eut une période de marasme. En s'installant
dans l'appartement que Lucienne avait choisi, au
milieu de meubles qu'on venait d'acheter et qui ne
lui rappelaient rien du passé, il eut la sensation dou-
loureuse qu'il avait à recommencer une autre existence, et il se sentait las, horriblement las de l'effort
qu'il avait fallu fournir depuis trois mois pour « faire
sa cour », pour subir les formalités et les cérémonies
matrimoniales, pour se maintenir au ton d'égards,
de galanterie et de bonne humeur qui convient à un
nouveau marié.

Cependant quand il se retrouva dans sa bibliothèque, assis dans sa bergère devant sa table d'acajou à
aigles de cuivre, entouré de ses livres et de tous ses
objets familiers, il ne tarda pas à passer à un ordre
d'impressions moins pessimistes.

Après tout, Mme Lemény était aimable et jolie.
D'ailleurs il lui serait toujours possible de ne prendre du mariage que ce qu'il en voudrait et de conserver une bonne part de son ancienne liberté. Sa vie

continuerait comme par le passé. Le jour, il s'enfermerait dans son cabinet ou travaillerait à la Nationale ou aux archives ou bien encore irait causer d'esthétique ou faire des paradoxes dans l'atelier d'un ami boulevard de Clichy.

Lucienne conservait encore de la réserve et de la timidité des jeunes mariées. Elle ne se plaignait pas des longues heures durant lesquelles son mari la laissait seule.

La nuit pas plus que le jour, Lemény ne se mettait en grands frais de galanterie avec elle. Il avait repris à son retour d'Italie l'habitude de lire au lit en se couchant. Le sommeil venait après quelques pages et Lemény soufflait sa bougie sur la table de nuit et s'endormait, non il est vrai, jusqu'au matin ; mais quand il se réveillait après quelques heures, Lucienne à son tour était endormie. Une fois ou deux seulement par semaine, Lemény se montrait un mari moins honoraire. C'est ainsi qu'il avait mis tout de suite le train conjugal à une bonne petite allure bien régulière et bien calme.

Lucienne avait des yeux noirs superbes et des cheveux qui, relevés au-dessus de la nuque, y laissaient voir une ligne brune descendant sur le cou et formant ce qu'on nommait autrefois la raie de mulet. Ses lèvres assez fortes, son nez à la racine un peu large et aux ailes mobiles, et plus encore, le ressaut de ses hanches qui rendait plus fine sa taille souple, eussent révélé un tempérament ardent à l'observateur le plus superficiel ; mais les facultés d'investigation de Lemény ne s'appliquaient qu'à des choses du xvᵉ siècle. Sa puissance d'induction s'exerçait sur des menus faits, sur des rapprochements de dates, sur un passage d'une vieille chronique ou sur la mention d'une charte ou d'un pouillé ; il ne lui était guère jamais venu à l'esprit que sur des yeux, une bouche, des hanches ou une ligne de cheveux descendant dans le cou, on pût fonder une argumentation.

Malgré ces indices et par un phénomène peu fréquent sans doute, les sens de la jeune fille étaient restés longtemps endormis. Les propos de ses danseurs, leurs pressions pendant la valse, même une embrassade par ci par là dans le coin d'une porte, n'avaient rien éveillé dans les profondeurs de son être.

La première fois qu'elle se sentit remuée, ce fut deux ou trois jours avant mon mariage. Lemény était seul avec elle dans sa chambre de jeune fille où elle vidait ses tiroirs de bouts de rubans, de vieux cahiers où elle avait copié des vers, de photographies d'amies oubliées, de marquoirs et de tapisseries commencées et abandonnées.

Toujours correct, Lemény jugea convenable à la circonstance et à la situation de donner à sa fiancée une marque de tendresse, il l'attira dans ses bras et déposa un baiser sur sa bouche.

Cette étreinte, ce contact des lèvres produisit sur Lucienne une impression extraordinaire. Un trouble délicieux et inconnu envahit tout son être et elle défaillit presque dans les bras de Lemény étonné.

Cette sensation ne se retrouva pas dans les premiers temps de leur union. L'initiation faite avec beaucoup de convenance par Lemény laissa Lucienne sans émoi. Tendre, mais calme, si elle avait refusé de faire deux lits comme le proposait son mari, c'était moins par la crainte de voir devenir plus rares des caresses qu'elle n'appréciait pas encore que parce qu'elle n'aimait pas à coucher seule, ainsi qu'il en est de beaucoup de femmes, en dehors de toute préoccupation sexuelle. Elles partagent le lit d'une compagne pour le seul plaisir d'avoir près d'elles quelqu'un en qui se pelotonner, s'emboîter et se mettre en boule.

Peu à peu cependant les sens de Lucienne s'étaient aiguisés. A la nouvelle mariée qui se soumet à ce qu'on a appelé devant elle « le devoir conjugal » et se conforme, indolente et passive, aux leçons maternelles des soirs de noces, succédait à présent une beauté frémissante et vivante sous les baisers.

Peut-être qu'un homme plus jeune aux ardeurs plus rapides l'eut laissée inanimée plus longtemps encore. Un soir son mari la vit le sein tumultueux, les yeux noyés, tout son corps se soulevant comme des ondes agitées par la tempête, et des cris sourds s'échappaient de sa bouche.

Ce spectacle ne laissa pas Lemény à son ancienne indifférence ; il éprouva la joie orgueilleuse du mâle à animer sous sa caresse le marbre de la statue, à faire se dresser la pointe rose des seins d'albâtre, à arracher de la gorge dont il pressait de ses mains la chair froide et nacrée, un souffle embrasé et haletant.

C'était Lucienne maintenant qui provoquait Le-

mény. Elle n'attendait plus les désirs de son mari ;
elle les faisait naître et les excitait, débutante passée premier rôle, habile à inventer des attitudes et à
imaginer des jeux nouveaux.

Quand il assistait à sa toilette, elle laissait tomber
tout à coup ses derniers voiles et apparaissait devant
lui dans l'éblouissement de sa nudité. Un peu renver-
sée en arrière dans une pose qui faisait saillir la poitrine et renflait sa croupe aux fermes contours, elle
l'appelait d'un sourire toujours sûr d'être obéi. D'autres fois, entrant dans la bibliothèque, elle s'asseyait
sur les genoux de son mari en train d'écrire, posait
sa bouche sur la sienne et s'emparait d'une main à
laquelle elle faisait sentir sous le mince corsage le
bout d'un sein érigé que dégageait le corset bas. Ser-
rée debout contre lui, et bien souvent malgré leurs
vêtements à tous deux, elle poussait les plaintes de
la volupté et elle était prête à tomber avec un nuage
répandu sur sa vue, son buste vacillant soutenu
par Lemény.

Lucienne faisait de la photographie, et un jour
confiant l'appareil à son mari, elle posa devant lui
comme la princesse Borghèse servant à Canova de
modèle pour la *Vénus victorieuse.*

Le feu qui embrasait la femme avait gagné l'époux
et à son tour il conviait Lucienne au plaisir. Elle
n'avait pas besoin de longues sollicitations. Une
flamme courte qu'elle voyait passer dans le regard
de Tiburce, c'était assez pour qu'elle vint s'abattre
pâmée entre ses bras.

Les coups brusques de passion les prenaient par-

tout, dans toutes les pièces de la maison dont ils ne
prenaient pas le temps de fermer les portes, en wagon quand ils se trouvaient seuls, en fiacre comme
des amants furtifs, dans un parc, sur la mousse des
hautes futaies pendant un séjour dans la propriété de
Mme Péchin.

Tiburce Lemény dont la jeunesse ne s'était pas dé-
pensée tout entière, économisée par ses années de
labeur et de sagesse, s'était embrasé des ardeurs de
Lucienne et il sentait passer dans ses veines un sang
qui les brûlait.

IV

Lucienne avait eu en mariage une dot modeste ;
mais elle avait en province un oncle qui était en
même temps son parrain et sur l'héritage duquel elle
était en droit de compter. Le bonhomme était fort
riche, il habitait une grande maison avec un grand
jardin que dans le bourg picard où ils étaient si-
tués, on appelait un château et un parc.

Lucienne y avait passé toute son enfance.

Mme Suret, mère de Lucienne avait perdu son
mari après un an de mariage et elle était allée habiter avec son frère à Monclin-sur-Troude. C'est là que
Lucienne avait grandi et qu'elle avait fait sa première
communion. Plus tard encore elle avait été trois ans
dans un couvent de Saint-Valery, la ville voisine.

Ce fut seulement lorsqu'elle eut quinze ans que

Mme Suret, à demi-brouillée avec son frère, était partie pour Paris en prétextant qu'il fallait à Lucienne une autre éducation que celle des dames de Sainte-Aldegonde.

Depuis ce temps, Mme Suret était restée en froid avec son frère ; mais Théodule Savelon n'avait pas mêlé sa nièce à la bouderie. C'était elle qui écrivait à Monclin en toute circonstance et s'était à elle que l'oncle répondait. Le brave homme ne manquait jamais de lui envoyer le jour de la Sainte-Lucie, au 13 décembre, un cadeau bientôt suivi d'étrennes au 1ᵉʳ janvier.

L'affection de Savelon ne s'était pas démentie depuis que Lucienne Suret était devenue Mme Lemény ; il était allé passer à Paris quelques jours chez ses neveux peu de temps après leur mariage et avait pris en gré M. Lemény dont l'ancienne situation officielle et les belles relations flattaient son amour-propre.

Deux années s'étaient écoulées depuis le séjour de l'oncle Savelon chez les Lemény, quand Mme Suret reçut un matin une lettre d'une amie qu'elle avait conservée à Monclin et qui lui conseillait de veiller sur la succession de son frère.

On racontait dans le pays que le vieillard ennuyé de sa solitude, avait dans ces derniers temps manifesté l'étrange velléité d'épouser une jeune veuve de son voisinage. Le mariage avait manqué ; mais le danger n'en avait pas moins été réel.

Tout était à craindre avec un vieillard qui se mettait de pareilles lubies dans la cervelle. Il n'y avait pas faute à trois lieues à la ronde de veuves ou de

filles qui ne seraient pas fâchées de s'assurer les cinq
ou six cent mille francs du barbon.

Savelon allait bien souvent à Saint-Valery ; il mettait son cheval à l'hôtel du *Bon Laboureur* dont l'hô-
tesse était accorte et « bien causante » comme on disait dans le pays, il fallait prendre garde aussi de ce
côté. De quoi ne devait-on pas se méfier désormais ?
Pudentienne, la vieille bonne de Savelon avait pris
pour l'aider dans sa besogne, une « jeunesse » qui
avait l'air bien « écanillé ».

Bref, la correspondante terminait en disant qu'il
y avait un seul moyen d'empêcher Savelon de faire
des folies. C'était que Mme Suret revint habiter auprès de son frère.

— Je n'irai pas, s'écria celle-ci en communiquant
la lettre à son gendre et à sa fille. La vie avec ce vieux
fou m'est impossible...

— Pourtant une succession de six cent mille francs
mérite bien qu'on fasse quelque sacrifice, dit Lemény.

— A quoi bon ? reprit Mme Suret, ce n'est pas moi
qui l'empêcherai de faire ses bêtises... il ne m'a jamais écouté. Il suffit que je dise quelque chose pour
qu'il fasse le contraire.

— Tu n'as jamais su le prendre, dit Lucienne. On
croirait que tu t'appliques à lui être désagréable. Tiburce et moi nous sommes très bien avec lui.

— Eh bien alors, pourquoi me demandez-vous d'aller près de lui ? Moi, ma conscience est bien en repos,
il est inutile que je fasse ce sacrifice... il ne vous ser-
virait de rien et vous nuirait peut-être. Je n'abouti-

rais qu'à vous brouiller tout à fait avec Théodule.

— Tu pourrais bien essayer de changer ton caractère, dit Lucienne.

— Qu'il change d'abord le sien !

— Lui, ce n'est pas la même chose, fit observer Lucienne... Nous avons besoin de lui et il peut se passer de nous...

— Il n'est pas en peine, appuya Lemény, de trouver des personnes de bonne volonté qui lui donneront de l'amabilité pour son argent.

Mme Suret était courroucée : — Qu'il aille avec ses drôlesses, s'écria-t-elle, puisque c'est la compagnie qu'il lui faut !...

— Mais, Madame, fit observer Lemény, c'est à nous à ne pas le réduire à cette compagnie là...

— Il n'aime que celle-là !... Ah ! comme nous nous ressemblons peu !... Ma pauvre mère disait parfois qu'on l'avait changé en nourrice...

— Tu pourrais au moins faire un effort...

— Vous en prenez bien légèrement votre parti, dit Lemény, six cent mille francs, cela ne se laisse pas perdre de gaieté de cœur...

— Eh, mon Dieu, ils ne sont pas perdus... Laure est une vieille folle aussi qui nous raconte des histoires de l'autre monde...

— Mon avis, dit Lemény avec sa gravité d'homme public, est qu'il faut tenir grand compte de ce qu'on vous écrit.

— C'est le mien aussi, ajouta Lucienne, et si tu ne veux pas aller à Monclin, nous irons, nous...

— Oui, approuva Lemény.

— Eh bien, qui vous en empêche ? Vous ferez très bien... puisque vous savez prendre Théodule, vous autres... Quant à moi, je reste à Paris... On ne déracine pas les vieux arbres...

Et voici comment après une petite enquête qui confirmait les renseignements donnés par Mme Alléaume, Lucienne et son mari se décidèrent à aller s'installer pour quelque temps à Monclin.

Tiburce Lemény avait réuni des notes et des documents nombreux en vue de l'ouvrage qu'il préparait ; il n'avait plus maintenant qu'à les coordonner et à écrire, travail pour lequel le calme de la campagne ne pouvait être que favorable.

V

Pudentienne vint aider les voyageurs à descendre de l'omnibus et les débarrasser de leurs paquets. Elle était accompagnée d'une jeune fille au minois chiffonné et à l'œil éveillé.

Le tablier brodé et les souliers mordorés à hauts talons donnèrent à réfléchir à Lemény : — Bigre, se dit-il à part lui, il était temps d'arriver... Voilà la jeunesse en question... Si nous n'y avions pris garde, elle aurait bien pu nous donner du fil à retordre...

Sylvestrine, si elle avait des prétentions sur tout ou partie de la succession de M. Savelon, ne laissa rien paraître du dépit qu'elle pouvait éprouver en voyant survenir la famille. Elle se montra empressée

et souriante avec Lucienne, respectueuse et réservée
avec Lemény, devant lequel elle baissait pudiquement
les yeux.

Savelon arriva et l'on se mit à table, dans la jolie
salle à manger aux boiseries blanches et dont les
fenêtres aux petits carreaux donnaient sur le jardin
tout inondé d'un gai soleil d'avril.

D'ordinaire Savelon prenait son repas dans sa cuisine et l'on n'ouvrait les volets de la salle à manger
qu'aux grandes circonstances. Le buffet habitué à
l'obscurité avait des craquements. Des myriades de
grains de poussière dansaient dans une bande de
clarté et une odeur de fruits arrivait des armoires du
corridor. Des oiseaux pépiaient dans les arbres et
l'on entendait chanter les coqs dans la cour des fermes voisines.

— Qu'on est bien à Monclin ! Je vais être admira-
blement pour travailler, dit Lemény en déployant
une serviette qui fleurait la lavande pendant que Sylvestrine déposait sur la table la soupière du beau
service.

— Et tu te porteras bien, ce qui vaut encore
mieux, ajouta Lucienne, saisissant l'occasion de con-
firmer devant son oncle la version de l'ordonnance
du médecin, prescrivant la campagne.

— Nous avons la soupe à midi, fit observer Savelon, en soulevant le couvercle de la soupière d'où
s'exhala un parfum délectable, ton mari n'aime peut-
être pas ça, ma nièce...

— Si je n'aime pas ça, vous allez voir ! protesta
Lemény, empressé à faire sa cour.

— Encore une alors? proposa Savelon, qui avait déjà versé deux louches dans l'assiette destinée à Lemény.

— Mais oui… tout plein… J'aime beaucoup la soupe… surtout à midi…

— Quelle bonne soupe, n'est-ce pas, Tiburce! fit Lucienne en se tournant vers son mari.

— C'est un velours sur l'estomac.

— Ah! dame, on n'en fait pas comme ça à Paris, dit Savelon flatté.

— Il faudra que je demande à Pudentienne comment elle s'y prend pour faire d'aussi bonne soupe, dit Lucienne.

— Mon Dieu, il s'agit d'avoir un morceau ni trop gras ni trop maigre… Et puis surtout, il faut laisser mijotter… plutôt devant le feu que sur le feu… ici nous faisons la cuisine au bois… Qu'est-ce vous voulez faire à Paris avec votre cuisine au gaz…

— A-t-elle des yeux! s'exclama Lemény, qui n'était pas encore revenu de son admiration.

— Et ces choux, ces carottes, ces pommes de terre!… C'est excellent!…

— Tout ça vient de mon jardin, dit Savelon non sans orgueil.

Après le potage, Lemény loua la qualité du bœuf, un morceau de culotte tout à fait exquis, et Lucienne se récria sur la fraîcheur des œufs à la coque. Le poulet bien qu'un peu duriuscule fut déclaré tendre et le lapin de chou du pâté fut pris pour un lapin de garenne ; ce qui était dû, expliqua l'oncle, aux plantes aromatiques mêlées au son et à l'avoine, dont on l'avait nourri pendant quinze jours avant de le tuer.

La salade de laitue pommée aux quartiers d'œufs durs et relevée de fines herbes, ne passa pas sans gloire ; puis Savelon ayant débouché une bouteille couverte d'une poussière vénérable, en épancha d'abord quelques gouttes dans son verre et remplit ceux de ses convives pour revenir ensuite au sien.

Lemény flaira le vin en connaisseur, en but une gorgée, fit claquer sèchement sa langue contre son palais, éleva le verre à hauteur de son œil et regarda le jour au travers :

— Voilà encore un petit bourgogne comme on n'en trouve pas souvent à Paris, dit-il. Parole, je n'en offrais pas comme ça à mes dîners du conseil général...

— Ah ! dame, c'est qu'il a de la bouteille, dit Savelon... Et puis j'ai une bonne cave... Autrefois j'avais de l'humidité... J'ai fait faire des travaux ; j'ai défoncé le sol et rempli le défoncement avec de la terre glaise... Après j'ai tout fait recouvrir d'un peu de terre bien sèche et d'un lait de chaux...

Lemény écoutait la dissertation de l'oncle avec une intensité d'attention égale à celle qu'il pouvait avoir dans le cabinet de son ministre, quand son chef suprême lui donnait des instructions sur la politique du gouvernement.

Sylvestrine avec de jolis effets de tablier apporta des pots de crème, et quand Mme Lemény y eut goûté, elle demanda qu'on fit venir Pudentienne du fond de sa cuisine, afin qu'on lui rendît des actions de grâce méritées.

Jamais on ne vit plus ferme résolution d'être aimable, que celle des deux époux.

L'oncle Savelon gagné par les éloges, était tout attendri quand il versa le marc dans sa tasse de café, une tasse qui datait du premier empire ; elle était en forme d'amphore et portait en camée un profil de déesse sur sa panse de couleur zinzoline.

— Pourquoi que vous ne restez pas ici ? demanda-t-il.

— Oh ! non, mon oncle, nous vous dérangerions, dit Lucienne.

— Pas de dérangement du tout. Je n'occupe qu'une pièce... Vous auriez tout le premier à votre disposition.

— Ce serait très agréable, mon oncle, mais vous êtes trop bon... Nous changerions vos habitudes... Il ne le faut pas... Vous viendrez nous voir, nous viendrons vous voir...

— Enfin comme vous voudrez, conclut Savelon, dont les yeux suivaient les mouvements de Sylvestrine, occupée à replacer la cloche à fromage et l'assiette de biscuits sur les planches du buffet.

Le lendemain en effet, après une nuit passée chez leur oncle, les Lemény s'installaient dans une maison qu'ils avaient louée par correspondance. Ils avaient craint avec juste raison de mécontenter le vieillard au lieu de se concilier ses bonnes grâces en troublant le train de sa vie accoutumée.

Un autre danger non moins à redouter et qu'avait signalé Lemény à sa femme, était des rapports trop fréquents entre leurs bonnes et les servantes de leur oncle. Soit qu'elles fussent trop bien ensemble et se fissent des confidences, soit qu'elles se missent en état d'hostilité, les inconvénients des deux alternatives ne pouvaient être évités en partie que par des habitations séparées.

La maison des Lemény construite par un ancien marchand de nouveautés de Saint-Valery, retiré des affaires et mort peu de temps après qu'elle eût été terminée, était à peu de distance du château de Savelon et l'on pouvait voisiner par les sentiers de derrière les jardins, sans avoir à passer dans le pays.

Le ménage avait du reste conservé son appartement de Paris, d'où l'on n'avait retiré que quelques meubles, suffisants pour une installation sommaire. La literie et la vaisselle étaient fournies par Savelon.

VI

Lucienne contrairement aux prévisions des habitants de Monclin, s'accommoda très bien de son séjour parmi eux. Elle éprouvait la satisfaction d'être la première quelque part, fût-ce en une bourgade. A Paris, dans le monde qu'elle fréquentait après comme avant son mariage, bien des jeunes filles et des jeunes femmes étaient plus riches, mieux apparentées ou plus jolies qu'elle. A Monclin, elle dominait sans rivales à craindre et tout le petit monde féminin dont elle composa sa société était à ses ordres et à ses caprices, trop heureux de faire partie de son intimité.

Il y avait parmi celles qu'elle voulait bien appeler ses amies, les deux sœurs Porion, d'un âge très inégal. Thérèse avait trente-cinq ans passés et Marthe seize à peine. Thérèse était parmi les grandes de son couvent et parée du ruban de sagesse, quand son père lui apprit par une lettre qu'elle avait une petite sœur. Elles avaient pour père un grand cultivateur de Monclin et avaient perdu leur mère à la naissance d'une troisième fille maintenant âgée d'une dizaine d'années.

Porion devenu veuf n'avait pas mis Marthe au couvent où l'influence de Mme Porion lui avait fait placer Thérèse et avait préféré pour elle l'éducation plus moderne d'un lycée de filles, d'où elle était sortie aux vacances de Pâques. Elle avait déclaré en savoir assez et ne pas vouloir y retourner. Son père, dont elle était l'enfant préféré, n'avait pas insisté et Marthe était restée dans la ferme.

Le cercle de Lucienne était composé en outre de Mme Heuduin, une jeune veuve, fille de Mme Alléaume, l'amie et correspondante de Mme Suret, qui l'avait informée des velléités matrimoniales de l'oncle Savelon ; d'Elmire Goret, du même âge à peu près que Marthe, élève elle aussi du lycée, où ses parents l'avaient mise et d'où ils l'avaient retirée à l'exemple de Mlle Porion, qu'ils imitaient en tout ce qui concernait leur fille ; d'Hermance Poulette enfin, une très jolie personne, déjà un peu passée, consumée qu'elle était par l'hystérie et le célibat.

Mentionnons encore, mais pour mémoire seulement car elles ne jouent aucun rôle dans cette histoire, Estelle Prache, la fille du buraliste à qui Lucienne avait découvert une belle voix et qu'elle faisait chanter à l'église ; Juliette Vérité, la nièce du médecin, officier de santé, et les deux tristes demoiselles Etevé, cousines d'Hermance Poulette, que par égard pour celle-ci, Lucienne recevait quelquefois, mais le moins possible. L'aînée semblait une bossue, et elle en avait la physionomie, les mains, la voix et la méchanceté ; il ne lui manquait que la bosse qu'on cherchait instinctivement sur son dos et dont l'absence constituait une désharmonie de plus. La cadette étant rousse, ce qui est une réprobation terrible au village, s'était donné une maladie nerveuse en faisant usage d'une eau de teinture de mauvaise qualité. La plus légère émotion tordait sa bouche en une contraction de rictus sardonique et sa tête s'agitait involontairement à droite et à gauche.

Ces dernières ne firent du reste jamais partie du cercle intime ; elles n'eurent point leurs grandes et leurs petites entrées chez les Lemény. C'était un privilège qui n'appartint qu'à Thérèse et Marthe Porion, à Mme Heuduin, à Elmire Goret et à Hermance Poulette.

Lucienne au milieu de son entourage, mi-citadin, mi-agreste, se comparait mentalement aux grandes dames de la Cour sous l'ancien régime, qu'un ordre d'exil reléguait pour quelque temps dans leurs terres et qui s'amusaient à enseigner aux gentilles villageoises les belles manières et les bons airs de Versailles.

Mme Lemény commença à les exercer en vue d'une

cérémonie religieuse qui devait avoir lieu aux environs ; puis elle eut l'idée de donner une soirée théâtrale et de monter une pièce que Marthe Porion et Elmire Goret avaient jouée au lycée ; mais elle n'avait pas assez de personnages pour fournir des rôles à toutes les ambitions. Le programme fut allongé, il se composait d'une comédie, d'une opérette, de morceaux de chant, d'un thème allemand à quatre mains et de monologues.

La maison était continuellement remplie de jeunes filles qui venaient répéter ou demander un conseil à Lucienne pour un costume.

Mme Lemény qui avait déjà joué la comédie de salon à Paris était experte et ingénieuse à fabriquer un chapeau Louis XV avec un canotier qu'elle pliait de façon à former trois cornes et qu'elle recouvrait ensuite de lustrine noire ; elle revêtait de papier d'argent les boutons d'une vieille redingote dont elle relevait les revers et arrangeait les basques pour les transformer en habit de marquis ; elle obtenait en un tour de mains une jupe à paniers, une simarre de magistrat, une basquine d'Espagnole ou un justaucorps Henri II.

Le grenier de l'oncle Savelon était très riche d'ailleurs en vieilleries de toutes sortes entassées là depuis plus d'un siècle. On y faisait des fouilles qui amenaient toujours la découverte de l'accessoire dont on avait besoin.

L'invasion de sa maison par la bande joyeuse des jeunes femmes ne déplaisait pas à Lemény. Il quittait son bureau et ses graves méditations pour venir aux répétitions, souvent même il donnait aux actrices des indications sur le ton ou sur le geste dont telle phrase de leur rôle devait être dite ou accompagnée. On lui demandait son avis sur les costumes et l'on se conformait aux modifications qu'il proposait pour les rendre plus gracieux ou plus exacts. Les jeunes filles ne se gênaient pas devant lui, et plus d'une fois pendant l'essayage, il eut occasion d'apercevoir la naissance d'une gorge ou un bras nu. Il était devenu une façon de régisseur.

Lemény lui aussi se comparait aux personnages illustres en exil. Le souvenir lui revenait d'une lettre de Machiavel où le secrétaire florentin destitué de son office et relégué dans une bourgade, s'en allait au cabaret du tournant de la route, jouer au cricca avec l'hôte, le meunier et le chaufournier.

Quelques jours avant la soirée, comme il fallait faire plaisir à Elmire Goret dont le rôle dans l'autre comédie n'était pas assez important, on décida d'ajouter encore une pièce au programme et Lemény consentit à y tenir le personnage d'un garde champêtre.

La société de Monclin manquait de ressources au point de vue masculin et Lemény était le seul homme de la troupe. Les jeunes filles n'hésitaient pas à revêtir des pantalons et des culottes pour les rôles virils ; mais on pensa que l'emploi de garde champêtre serait mieux tenu par Lemény. Il n'avait que quelques mots à dire ; mais il les disait d'une voix si drôle que les actrices riaient aux éclats aux répétitions.

Cet ambitieux désabusé qui n'avait pas eu de jeunesse trouvait du charme dans ces humbles plaisirs. La familiarité avec des jeunes filles, une griserie *d'odor di femmina*, les prétextes fournis par les pièces pour prendre les mains, se donner des baisers et se dire des propos d'amour, ne laissaient pas insensible ce quadragénaire qui affectait de prendre des airs de bonhomie paternelle et s'efforçait d'éteindre le luisant de son regard par lequel il les sentait démentis parfois, quand s'éveillait en lui une convoitise brusque.

Lucienne profitait le soir de l'excitation causée par cette promiscuité continuelle avec des jeunes filles. Le séjour de la campagne, l'absence d'occupations régulière, la paresse des matinées qui l'attardait au lit, s'y ajoutaient encore pour allumer son imagination et ses sens ; mais souvent quand il pressait sa femme dans ses bras, c'était une autre qu'il se figurait étreindre. Devant l'épaule ou la gorge de Lucienne, il évoquait une attache de bras entrevue ou la palpitation d'un jeune sein deviné sous le tissu.

Ses désirs d'abord épars et flottants entre les cheveux blonds et les molles rondeurs d'Elmire Goret ou la gaminerie piquante de Marthe Porion, avaient fini par se fixer tout à fait sur cette dernière.

C'était l'image de Marthe qu'il cherchait maintenant à évoquer ; c'étaient sa chair, ses formes, ses lèvres qu'il pressait son imagination de lui représenter et tandis que Lucienne en pamoison gémissait de bonheur sous son effort, il songeait aux râles, aux soupirs et aux cris qui s'échapperaient de la bouche

de Marthe, lorsque sa virginité inquiète apprendrait
le mystère de volupté.

VIII

Le menuisier du bourg, guidé par les indications de
Lemény, avait élevé dans le fond du salon une petite
estrade qui forma la scène. Une trentaine d'invités,
parents et arrière-cousins, constituèrent le public,
qui prit place dans la partie restée libre de la pièce et
dans la salle à manger dont on avait enlevé les deux
battants qui la séparaient du salon.

Les actrices s'habillaient dans une chambre du
rez-de-chaussée ; Lemény frappa à la porte, demandant s'il pouvait entrer ; il avait revêtu la plaque de
cuivre et coiffé le tricorne municipal ; mais il avait
besoin d'aide pour se grimer : — Peut-on entrer ?
demanda-t-il.

— Oui, dirent des voix ; mais d'autres protestè-
rent : — Non... non !...

Et il entendit Mme Heuduin qui disait en éclatant
de rire : — Je suis en chemise...

Lemény frappa de nouveau un instant après et
cette fois, on lui ouvrit la porte. Hermance Poulette
était en gilet et en pantalon ; Elmire Goret en jupon
et Mme Heuduin, les bras nus, la gorge nue, accro-
chait les boucles de son corset.

Il y avait dans la chambre une odeur de sexe mêlée à un relent de sueur et à un parfum de poudre de riz et de pommade rosa.

Lemény implora une personne de bonne volonté pour lui faire une physionomie congruente de garde champêtre.

Marthe dont la toilette était finie lui dessina des moustaches et des rides avec un bâton d'encre de Chine qui lui servait au lycée pour le dessin linéaire ; puis ayant mis du rouge au bout de son doigt, elle lui en frotta le nez et les pommettes, opération qui causa à Lemény une légère titillation où il se complut ; mais sans l'empêcher de faire la remarque qu'on avait négligé de fermer les volets aux fenêtres de la chambre.

Aussi quand il eut joué son rôle, il alla au jardin et, blotti dans l'ombre, il put guetter les actrices qui se préparaient pour la pièce suivante en changeant de costume.

D'abord il ne vit guère que ce que lui auraient montré des robes de bal : des bras et des épaules ; mais la clandestinité du spectacle en relevait la saveur.

Marthe lui montra bientôt des charmes plus intimes. Elle achevait de retirer sa robe rose au décolletage en carré que bordaient des échelles de rubans et elle apparut en jupon court.

Lemény palpitant et retenant son souffle, écarquillait ses yeux.

La jeune fille passa derrière un paravent précisément posé contre la fenêtre ; elle dénoua les cordons de son jupon qui s'abattit à ses pieds ; puis retira ses bras des manches de la chemise qui tomba sur sa croupe où elle resta un instant accrochée et d'un mouvement de hanches la fit glisser jusqu'à la cheville.

Elle posa ses mains sur ses seins menus et miroitants dont elle agaça la pointe un instant avec le bout de son index, et tout à coup prise de gaîté, elle fit deux ou trois entrechats.

Après quoi elle se mit en devoir de revêtir une chemise de garçon pour le rôle masculin qu'elle allait jouer ; mais elle s'y prenait très gauchement et elle resta quelques secondes les bras en l'air et la tête cachée, sans que le vêtement inusité descendit couvrir ses hanches graciles, ses cuisses encore un peu maigres comme celles d'un éphèbe et son ventre mince et poli, rendu plus rayonnant par l'opposition d'une ombre brune, nettement précisée. Elmire Goret qui s'était glissée derrière le paravent pour assister à l'opération, profita de l'occasion pour appliquer à sa compagne du lycée une claque retentissante sur des rondeurs qui s'offraient sans défense à ses attaques.

Marthe se débarrassa de la chemise qui l'empêtrait et sans s'arrêter à la légèreté de son costume, courut aux éclats de rire de toutes les assistantes, après son adversaire qui s'enfuyait.

Elle rattrapa Elmire avec laquelle elle se colleta un instant ; puis retournant ramasser la chemise d'homme, elle se remit en devoir de la passer, avec le concours cette fois, de son amie qui, rendue à de meilleures dispositions, l'aida à mettre les manches et tira les basques qu'elle fit ensuite entrer et qu'elle arrangea dans la culotte.

L'absence de Lemény aurait pu être remarquée. La seconde partie du programme allait commencer; il rentra dans la salle, l'imagination en feu et les sens embrasés.

Tout le reste de la soirée, il ne fut occupé que de Marthe. Elle avait conservé son costume de Pierrot pour la sauterie qui suivit la représentation ; il cherchait à retrouver sous les rubans, les nœuds d'amour et les bouffettes, l'élégance nerveuse et la grâce élancée de ses formes à la séduction ambiguë d'androgyne.

La nuit se passa pour lui à évoquer l'image du jeune corps aperçu, la gorge au dessin ferme et pur avec ses boutons de rose pâle ; ses hanches que la minceur de la taille semblait faire plus larges ; son ventre lisse et fluet de vierge adolescente dont la blancheur avait plus d'éclat par le fin cône d'ombre de sa puberté nouvelle ; le sursaut mutin de sa croupe sous ses reins que creusait le mouvement pour passer la chemise et ses bras aux poignets puérils et d'une longueur un peu grêle qui laissaient voir l'estompe légère des aisselles...

Le lendemain Lemény alla dans la chambre qui avait servi de vestiaire aux actrices. Il y flottait encore une odeur féminine qu'il respira voluptueusement. Des jupons, des robes, des coiffures, des bas de soie, des vêtements intimes qui gardaient quelque chose du contour qu'ils avaient couvert, étaient çà et là gisant par terre ou épars sur des chaises et des fauteuils. Lemény ramassa la chemise qu'avait laissée Marthe derrière le paravent et l'approcha de ses

narines pour retrouver le parfum de la peau avec
laquelle elle avait été en contact.

Le charme de la vie de province, c'est que les fêtes
y ont des lendemains. A Paris, après de joyeuses
soirées pleines d'entrain et d'abandon, on est souvent plusieurs semaines sans se retrouver dans la
même compagnie. En province, on se revoit, on re-
parle de la veille ; on en commente les incidents, on
en fait renaître les impressions.

Les jeunes filles, les yeux un peu cernés d'une nuit
trop courte, vinrent chercher leurs affaires ; mais
avant de les leur laisser emporter, Lucienne voulut
les photographier dans leurs costumes.

Il y eut encore des habillages. Lemény resté dans
la pièce voisine, entendit les rires provoqués par
Marthe qui s'était, paraît-il, mise à danser en chemise
sur le lit.

VIII

Il n'y avait guère d'hommes qu'on pût fréquenter
à Monclin. Les intellectualités masculines y étaient
frustes et terre à terre ; mais Lemény avait ses livres
et ses travaux pour les besoins de son esprit ; il
n'éprouvait aucun désir de communication avec un
être de son sexe ; la petite société féminine de Lucienne lui suffisait.

Il accompagnait les dames dans leurs promenades.
On allait dans la baie de Somme ou dans les bois ;

parfois le dimanche, quand c'était la fête à un village voisin, on se dirigeait de ce côté et Lemény payait des tournées de chevaux de bois et des rafraîchissements au cabaret. On goûtait sur l'herbe, on pataugeait, les pantalons et les jupes retroussés jusqu'au-dessus du genou, dans les bâches de la baie ; on organisait des parties aux sites pittoresques des environs.

Savelon avait consenti à laisser sortir de sa remise un vieux char à bancs où tout le monde trouvait place et Lemény avait acheté un cheval pour ne pas trop recourir à l'obligeance de Porion, qui ne pouvait pas toujours enlever les siens aux travaux des champs ; mais le plus souvent on allait à pied aux environs prochains du bourg.

Assis dans une clairière, au milieu des futaies, ou sur la marge de gazon qui bordait le canal, on faisait des dissertations sur l'amour ou bien l'on jouait aux jeux innocents et Lemény avait généralement pour pénitence d'embrasser deux ou trois personnes du groupe. Les charades, les homonymes, les proverbes et les portraits n'étaient pas négligés non plus.

Le soir, tantôt chez les Lemény, tantôt chez les Porion ou chez les Goret, on faisait des « petits papiers. »

On coupait en long autant de feuilles de papier que l'on était de personnes dont chacune était munie d'un crayon. Alors on posait une question, comme par exemple : « Etes-vous enthousiaste ? » et tout le monde devait y répondre sur une des feuilles de pa-

pier ; après quoi on repliait la partie du papier sur
laquelle on avait écrit et l'on passait la feuille à un
autre pour qu'il écrivit à son tour la réponse à une
nouvelle question.

Quand les feuilles étaient remplies, on les distri-
buait au hasard entre les assistants qui devaient en
donner lecture à tour de rôle.

Quelques réponses étaient assez suggestives parfois et faisaient méditer Lemény. Plusieurs semblaient des aveux voilés et comme des déclarations
indirectes qui lui étaient adressés. Il était le seul
homme de la petite bande et les désirs féminins se
tournaient naturellement vers lui ; mais il n'était occupé que de Marthe. Il reconnaissait son écriture
inclinée à base arrondie avec ses pleins fuselés parmi
les griffonnages des petits papiers et scrutait longuement le sens d'une réponse comme celle-ci :
« Qu'aimeriez-vous le mieux à entendre ? — Une dé-
claration » ou comme cette autre : « Quel est le plus
grand défaut chez un homme ? — Trop de réserve. »
Et celles-ci encore : « A quoi pensez-vous ? — Au
bonheur de ceux qui aiment. » « Quelle est votre occupation favorite ? — Rêver ». — « Quel est le moment du jour que vous préférez ? — Celui où je me
trouve avec une certaine personne. »

Marthe regardait parfois Lemény avec ses grands
yeux noirs de malice rêveuse, au cercle de bistre, les
plongeant hardiment dans les siens.

Assis à côté d'elle autour de la table pour jouer
aux petits papiers ou d'autres fois, à un nain jaune
patriarcal, il croyait sentir la jambe de la jeune fille

frôler la sienne, il la pressait légèrement, n'osant insister de peur de l'effaroucher. Il y avait beaucoup d'électricité dans le contact de la jeune fille. La seule approche de sa jupe donnait des frissons à Lemény et, aux petits jeux, en l'embrassant, il avait senti la fraîcheur douce et parfumée de sa peau ; mais il éprouvait plus d'émoi quand par hasard, la main de Marthe le touchait.

Lucienne disait que Marthe devait être vicieuse. Elle faisait remarquer à son mari qu'elle avait les yeux cernés et trouvait qu'Elmire Goret avait mauvaise mine, les soirs des jours où elle avait passé l'après-midi avec son amie du lycée. Et puis Marthe aimait les crudités, elle mangeait des feuilles d'oseille au jardin et Thérèse avait raconté qu'un jour elle avait trouvé dans l'armoire un grand bocal de cornichons tout à fait vide. C'était sa sœur qui les avait grignotés en cachette jusqu'au dernier et en moins de deux semaines. Lemény à une fête de village avait fait tirer les dames à la cible et il avait remarqué que la main de Marthe avait un léger tremblement.

C'est ainsi qu'il recueillait le moindre indice, cherchant à découvrir l'inconnu de cette nature, sans pouvoir arriver à une conclusion. Dans leurs petites sauteries, il semblait qu'il était indifférent à Marthe de valser avec lui, malgré les effluves qu'il essayait de lui transmettre, ou de danser avec n'importe laquelle de ses compagnes. Elle n'était emportée que par le seul plaisir de s'agiter en cadence comme une petite fille.

A certains soirs, elle laissa Thérèse venir seule

chez les Lemény. L'avant-veille elle était pleine d'animation et de gaîté. Deux jours plus tard sans qu'on sût pourquoi elle aimait mieux garder la maison ; elle avait entrepris un grand rangement dans sa chambre ou bien elle collait des images dans un album ou encore elle était fatiguée de ses travaux dans son jardin dont elle bouleversait les massifs de fond en comble.

Lemény se demandait si le cœur et les sens de Marthe n'étaient pas encore ouverts à l'attrait des sexes, ou bien était-ce qu'il ne comptait plus pour elle ? Qu'était-il avec ses quarante ans aux yeux de la jeune fille ? Pouvoir plaire à une femme du monde, à une Parisienne de vingt-cinq ans ou à une provinciale de trente, il n'en doutait pas, mais Marthe n'en avait que dix-sept, elle devait être imbue des préjugés de son milieu campagnard qui ne conçoivent guère un amoureux qu'imberbe et du même âge, sinon plus jeune que celle « à qui il parle ».

Marthe pouvait-elle éprouver de l'amour pour lui ? Problème voluptueux dont il poursuivait la solution.

Son sommeil n'était plus celui de la jeunesse. La nuit quand il ne dormait pas, il avait cessé de songer aux déceptions de sa carrière brisée, il occupait maintenant ses insomnies à des inductions ingénieuses et subtiles sur les faits et gestes de Marthe. Il se rappelait les mots qu'elle avait dits, les réponses des petits papiers, l'expression de ses yeux ou son sourire à un certain moment.

Ses conclusions en général étaient optimistes. Il n'avait pas de rival dans la petite société et le bourg ne comptait que des rustauds. Encore le père Porion, homme taciturne et renfermé dans sa misanthropie depuis la mort de sa femme, ne voyait-il personne du bourg.

Une jeune femme, quand elle aime son mari sensiblement plus âgé qu'elle, le rejeunit parfois aux yeux des autres femmes d'autant d'années qu'il en est de distance entre elle et lui. Lemény se sentait aussi bien plus jeune qu'au temps où il était préfet et occupé du soin aride de faire classer un chemin vicinal. La directrice de l'Ecole Normale ne l'aurait pas reconnu ; il était gai, rieur, plein d'entrain, danseur infatigable et il s'achetait de la teinture pour la barbe.

Mme Lemény et son mari avaient pris l'habitude de de reconduire leurs invitées après la soirée.

Elmire Goret était la première rentrée. Sa maison était proche de celle des Lemény, à l'entrée d'une petite ruelle. Elle avait peur et son amie Marthe l'accompagnait jusqu'à la porte, pendant que le reste du groupe attendait un instant sur la chaussée ou continuait à la descendre lentement.

Un soir Marthe appela : — Monsieur !...

— Quoi donc ? dit Lemény.

— Nous ne pouvons pas tourner la clef.

La serrure de la grille des Goret était en effet très dure ; il fallut toute la force de Lemény pour en mouvoir le pène et désormais quand Elmire rentrait, Marthe et Lemény allaient toujours avec elle au coin de la ruelle.

Après qu'elle était dans sa cour et qu'elle avait refermé sa porte, Elmire n'était pas rassurée encore ; elle ne l'était que lorsqu'elle avait frappé aux volets de la chambre de ses parents et que ceux-ci lui avaient répondu.

Alors elle criait : — Bonsoir, merci.

Il y avait une minute pendant laquelle Lemény était seul dans l'obscurité auprès de Marthe. Il songeait à lui prendre la main, à l'attirer dans ses bras, à lui dire : —Je vous aime. Il n'osait pas et ils rejoignaient le peloton en échangeant des paroles banales.

Alors laissant Lemény avec sa sœur aînée, Mme Heuduin et Lucienne, les gens sérieux qui formaient l'arrière-garde, elle prenait par la main Hermance Poulette et se mettait à gambader à travers les rues. Les chiens habitués n'aboyaient plus dans les fermes.

On se dirigeait ainsi vers la demeure de Mme Heuduin, située à l'extrémité de la rue du Clapenbas, vers le milieu de laquelle Hermance Poulette rencontrant la boutique paternelle, se séparait de la petite troupe qui était bientôt réduite aux Lemény et aux demoiselles Porion, vers le logis desquelles on rebroussait chemin.

Arrivés à cette dernière station, les Lemény, noctambules infatigables, y demeuraient quelques minutes en échangeant des remarques sur les autres amies ; puis quand la grille s'était refermée sur Thérèse et Marthe, Lucienne et son mari leur parlaient encore à travers les barreaux. Et c'était un joli tableau, évocateur de scènes romanesques, ces deux jeunes filles enveloppées de leurs mantes sombres, derrière cette grille.

IX

Le reste du cercle féminin donnait à Lemény des signes moins équivoques d'attention que Marthe. Mme Heuduin et Thérèse Porion étaient manifestement en jalousie.

Thérèse disait à Lucienne : « Tu ne vois donc pas comme Mme Heuduin tourne autour de ton mari ! » et Mme Heuduin lui disait : « Eh bien, Thérèse n'aura pas à se plaindre... M. Lemény s'est assez occupé d'elle aujourd'hui... »

Mais Lucienne n'en prenait pas ombrage. Elle était sûre de l'amour de son mari, sûre aussi de sa supériorité sur des rivales comme Mme Heuduin et Thérèse ; elle racontait même ces propos à Tiburce et s'en amusait.

Lemény y restait d'ailleurs indifférent. Mme Heuduin avec ses formes somptueuses, ne répondait pas à son esthétique éprise de choses fugaces et amincies. Les agaceries de la veuve ne le faisaient point se départir avec elle d'une réserve polie.

Thérèse l'intéressait davantage, à ce titre surtout qu'elle était sœur de Marthe. Elle lui empruntait un peu de son charme. C'est ce que Lemény appelait « l'échange des reflets. »

— Et puis, se disait-il, si elle a l'esprit occupé de moi,

mon nom reviendra souvent dans ses conversations avec sa sœur ; elle excitera peut-être l'imagination de Marthe qui apprendra aussi à ne plus me considérer comme un homme ne comptant plus en amour. Et qui sait si elle ne se piquera pas au jeu ; si elle n'aura pas du dépit de me voir préférer sa sœur et ne s'avisera pas de rivaliser avec elle ?...

Lucienne remarquait bien que Thérèse était très occupée de son mari ; elle s'en faisait un jeu. Une fois pour voir le trouble de sa trop naïve amie, elle lui disait que son mari ne dormait pas ; — Je suis sûre qu'il est amoureux, ajouta-t-elle.

— Amoureux, quelle idée !

— Oh ! C'est que je le connais bien, vas. Il ne peut jamais être sans quelque amour en tête... Qui cela peut-il être ? reprit-elle à demi-voix après un silence et comme se parlant à elle-même.

— Qui cela ?

— Je me demande qui il peut aimer ?

Thérése rougissait et pâlissait tour à tour : — Mme Heuduin, se hâta-t-elle de suggérer.

— Peut-être, répondit Lucienne semblant réfléchir.

— Ou Elmire Goret...

— Oh ! une gamine !...

— Elle l'amuse par ses mines...

Thérèse multipliait les pistes pour égarer Lucienne ; mais elle, sans la regarder, disait : — Ou toi, qui sait ?

— Moi !... s'écria Thérèse qui devenait rouge jusqu'aux oreilles.

— Pourquoi pas ? poursuivait Lucienne toujours

sans lever les yeux sur son amie pour ne pas accroître son embarras. Pourquoi pas? Il est visible qu'il a du plaisir à causer avec toi. Tu es bien plus littéraire que moi d'abord...

— Oh! tu es folle, disait Thérèse en embrassant Lucienne. Comment peux-tu dire de pareilles choses?...

Et les yeux de Thérèse brillaient de bonheur.

Un pensionnaire de l'Académie de France à Rome, originaire du département de Lemény et que celui-ci avait protégé, lui envoya un jour en témoignage de sa reconnaisance une réduction d'une de ses statues,

Thérèse était avec Lucienne au moment où celle-ci ouvrit la boîte qui la contenait. C'était un Ganymède dépourvu de toute feuille de vigne que Lucienne plaça sur un socle dans un angle du salon, malgré les observations de Mme Suret, sa mère, alors en déplacement pour quelque temps à Monclin et qui objectait :

— Mais tu as continuellement des jeunes filles ici...

— Qu'est-ce que ça fait? répondit Lucienne en levant les épaules.

En effet la statuette ne parut effaroucher ni Marthe ni Elmire, à leur visite suivante, où elle fut l'objet de l'attention particulière de cette dernière qui tout bas fit remarquer à son amie je ne sais quel détail.

Quant à Thérèse, elle dit le lendemain à Lucienne quand elle se retrouva seule avec elle :

— Oh! j'étais si gênée devant ton mari quand on a défait la statue!..

— Et pourquoi donc ?

— Tu n'as pas vu ? tiens, regarde...

— Oh, moi, je suis habitué. Cela ne m'effraye plus.

— Oh, Lucienne !...

Mais Thérèse n'en regardait pas moins la statuette de très près et avec une ingénuité feinte ou réelle de vieille fille, elle posait des questions à Lucienne qui répondait par des explications, donnant des détails, racontant ses impressions et ses étonnements de nouvelle mariée.

Thérèse rougissante interrompait d'une voix changée, poussant parfois une exclamation scandalisée, mais ne perdant rien des paroles divulgatrices. Les yeux fixés sur la statuette, elle se représentait Tiburce, l'initiateur de son amie et de la personne duquel procédait uniquement toute l'expérience qu'avait celle-ci de l'anatomie masculine. C'était sur lui aussi désormais que Thérèse devait reporter toutes les curiosités et les ardeurs de sa virginité.

Les Lemény firent un voyage à Paris peu de jours après cette conversation. Lucienne en profita pour se confesser. Elle se faisait scrupule d'avoir révélé les secrets du mariage à une amie non mariée. On l'avait élevée dans le sentiment que c'était un très grand péché et elle eut été embarrassée pour le dire au curé de Monclin.

Lemény pendant les huit jours qu'il passa à Paris constata qu'il y était plus occupé encore de Marthe qu'à Monclin où du moins il était dans son voisinage et pouvait à chaque instant espérer de la rencontrer ou de l'apercevoir.

Les jeunes filles qu'il voyait dans la rue la lui rappelaient au lieu d'en distraire son souvenir. Il cherchait à retrouver en elles quelque chose de sa tournure ou de ses traits.

Un soir sur le boulevard, il aborda une fille qui avait un peu de sa taille et de sa démarche. Comme Marthe, elle portait sur le dos ses cheveux d'un châtain roux un peu crépelus.

Ils allèrent dans un hôtel borgne où elle le conduisit. Elle passa devant le bureau vitré du gérant pour prendre la clef d'une chambre pendant qu'il attendait sur les premières marches de l'escalier.

Quand ils furent montés Leményy ayant déposé son offrande au coin de la cheminée s'assit sur un canapé boiteux.

— Quel âge as-tu ? demanda-t-il.

— Dix-huit ans dans deux mois.

Elle ôta son corsage, laissant apparaître un bras mince pareil à celui qu'il avait entrevu le jour où Marthe avait essayé devant lui le costume de Pierrot.

Et M. Lemény se figurait que c'était elle qui se dévêtait devant lui ; il comparait la nuance de sa peau, la rondeur de sa gorge, le relief de ses hanches avec la vision de la fenêtre, le soir de la comédie ; mais la peau manquait de velouté au toucher ; elle était chaude et sans frisson.

C'est en vain que la prostituée s'étendit sur le lit sordide, en offrant au « vieux monsieur si généreux » toutes les complaisances que son âge ou sa fantaisie pouvaient réclamer, Lemény ne voulut pas se placer à son côté. L'illusion d'un instant s'était

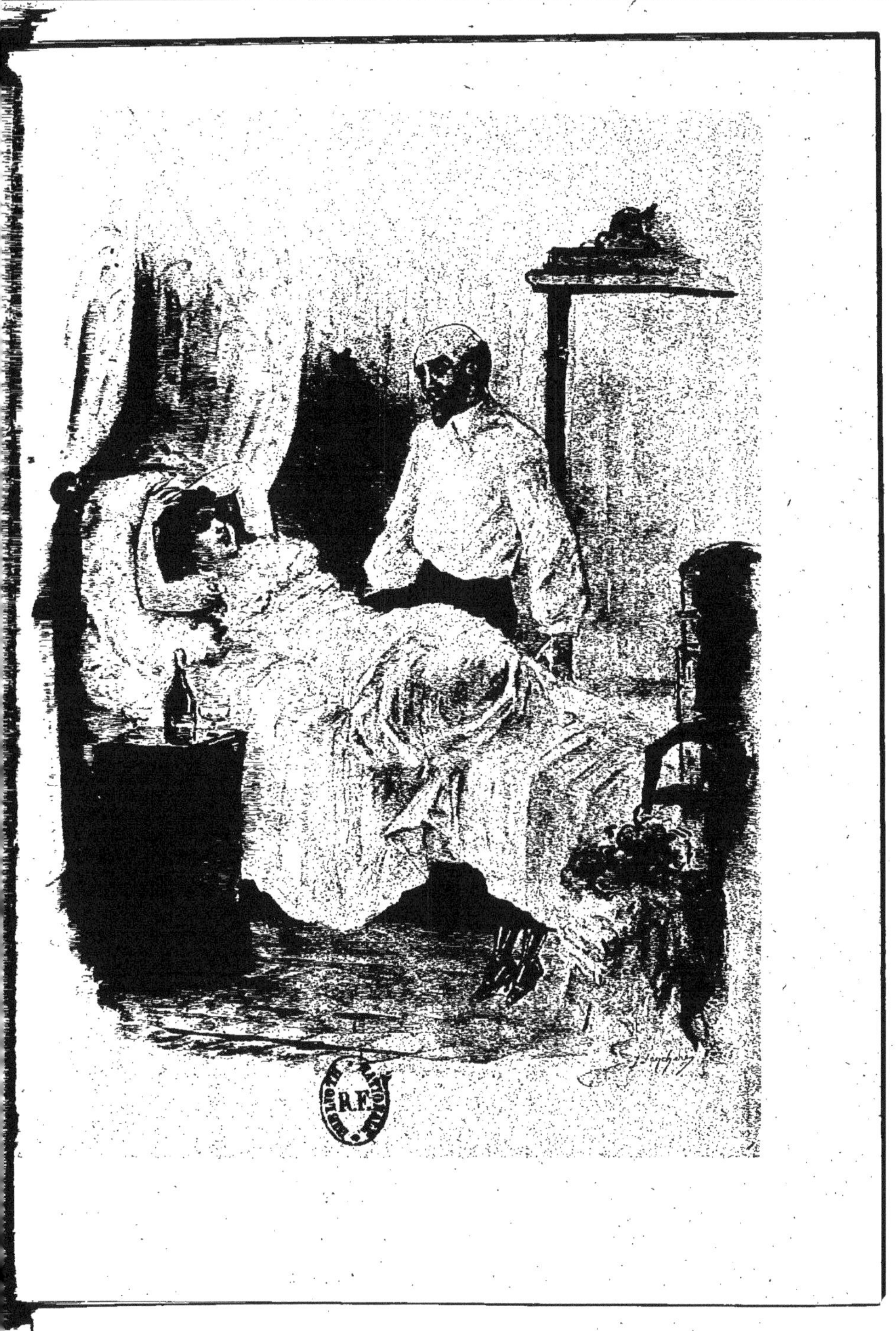

envolée pour lui et sa curiosité de Marthe n'était pas assouvie.

Quand Lemény rentra à Monclin, il lui sembla respirer de la volupté dans l'air.

X

Lemény qui n'osait franchement faire un aveu à Marthe, avait en vain essayé de procéder avec elle par insinuations et par allusions. Elle avait paru ne pas comprendre. Les compliments détournés qu'il lui avait faits l'avaient laissée indifférente ; parfois même il lui avait semblé qu'elle les entendait avec un peu d'impatience.

A présent il affectait avec elle la froideur et redoublait d'attention à l'égard de Thérèse, espérant ainsi exciter le dépit de sa cadette.

Il y avait autre chose que du calcul dans son attitude avec l'aînée des deux sœurs. La femme qui aime dégage autour d'elle une atmosphère de griserie qui monte à la tête et au cœur de l'homme qui l'approche. Or, Thérèse aimait, ses yeux brillaient maintenant d'un éclat plus humide, elle avait sur les lèvres un sourire de bonheur perpétuellement épanoui et tout son être s'éveillait à une vie nouvelle et joyeuse.

Un soir à un dîner, Lemény était assis près de Thérèse et tous deux se sentaient imprégnés l'un de l'autre par ce voisinage et leurs vêtements en contact faisaient passer d'elle à lui des influx nerveux. Leurs jambes se frôlèrent, leurs pieds se rencontrèrent et elle se livrait à lui en un frisson.

Au moment du départ, Lemény se trouva seul avec Thérèse dans la pièce où l'on déposait les chapeaux et les manteaux. Comme il venait de l'aider à passer les manches de son water-proof, il l'attira dans ses bras et lui mit sur la nuque un baiser. Elle semblait prête à défaillir. Un instant elle resta chancelante et comme prise de vertige, le sein soulevé et les paupières battantes ; mais Lucienne arrivait avec Marthe et Elmire. Par un effort de volonté, Thérèse put se ressaisir et cacher son agitation.

Le lendemain soir il y avait répétition, car on montait une nouvelle pièce. Quand on eut reconduit les amies dans l'ordre accoutumé et que les deux sœurs Porion s'en retournèrent seules avec les Lemény, Lucienne se trouva en avant avec Marthe tandis que Lemény et Thérèse marchaient derrière.

Ils continuèrent pendant quelques pas la conversation commencée sur une question de costumes ; puis il se fit un silence.

— J'espère au moins que vous avez du regret, dit Thérèse.

— Du regret, de quoi donc ?

— De ce que vous avez fait hier... C'est très mal.

Il se taisait.

— C'est mal, reprit Thérèse, j'aurais dû me fâcher.

— Vous fâcher parce que je vous aime... car vous savez bien que je vous aime... Il y a longtemps que vous vous en êtes aperçue, n'est-ce pas ? Dites, n'est-ce pas que vous le saviez, que vous l'aviez deviné ?..

Elle se mit à balbutier des mots entrecoupés et il lui prit la main qu'elle ne retira pas.

Deux ou trois jours plus tard, à la répétition, Lemény remarqua que Thérèse avait les yeux battus; il la suivit sous un prétexte quelconque dans la pièce voisine où elle allait chercher le cahier de son rôle oublié dans la poche de son manteau.

Il voulut la prendre dans ses bras ; mais elle le repoussa : — Non, je suis trop malheureuse, murmura-t-elle. Voici deux nuits que je ne dors pas... C'est horrible !... Tromper Lucienne !...

Elle avait des larmes plein les yeux.

Lemény ému et chagriné de tant de remords et de trouble, était déjà prêt à battre en retraite.

— Eh bien, lui dit-il, au moins ne me retirez pas votre amitié !...

— De l'amitié, oui... oui... Qu'il ne soit plus question d'autre chose entre nous, dit Thérèse et ayant tamponné vivement ses yeux, elle rentra dans le salon ; mais peut-être avait-elle quelque étonnement de la facilité avec laquelle Lemény avait accepté la substitution de l'amitié à l'amour.

XII

Les comédies et l'amour ne faisaient pas oublier aux Lemény le but de leur séjour à Monclin. Ils

choyaient l'oncle Savelon et ne laissaient guère passer de jour sans la voir ; ils dînaient chez lui tous les
dimanches et Savelon à son tour dînait chez eux tous
les jeudis.

Au dessert, on le mettait sur ses sujets favoris. Lemény se faisait raconter pour la trentième fois l'odys-
sée de l'oncle, débarquant à Paris de Monclin, pendant les journées de juin 1848. Parfois on lui faisait
chanter *Jenny l'ouvrière* ou *Fleuve du Tage*.

Lemény prêtait à Savelon ses journaux en lui si-
gnalant au crayon rouge les articles qui l'intéresse-
raient ; il les commentait ensuite en expliquant aussi
clairement que possible la situation politique et ex-
térieure ; il lui racontait des anecdotes sur les
« grands hommes » et les « grands personnages ».

C'est ainsi que le vieillard appelait nos politiciens
dont il voyait les noms dans le journal et il était fier
d'avoir un neveu qui les avait approchés de si près.

Lucienne envoyait des fleurs et sa cuisinière ne
faisait pas un entremets ou une pâtisserie qu'on n'en
portât à goûter à Savelon.

Au jour de sa fête, elle lui donna un gilet en tapis-
serie, prétendument brodé par elle et Lemény lui fit
hommage d'une calotte grecque bien chaude.

— Avec cela, mon oncle, vous ne vous enrhume-
rez pas cet hiver, dit Lucienne.

— Et vous n'aurez plus peur des courants d'air, dit
Lemény.

Pudentienne et Sylvestrine étaient cajolées à l'égal
de leur maître. Lucienne s'exclamait sur le dévoue-
ment, la fidélité de Pudentienne : Voilà quarante ans

passés qu'elle était chez son oncle. On lui était bien
reconnaissant des soins qu'elle avait pour lui. Qu'ils
étaient rares, les serviteurs comme elle !... Mais elle
était maintenant tout à fait de la famille...

Et Lemény ajoutait : — Si j'étais encore bien avec
le gouvernement, je lui aurais fait avoir une mé-
daille, moi, à Pudentienne !...

— Bah, elle se moque bien de médailles, disait Lucienne. Elle a sa conscience pour elle ; elle a la reconnaissance de mon oncle et de nous tous... et l'estime de tout ce qu'il y a de braves gens à Monclin...

— Ça, disait Pudentienne, je crois qu'il n'y a personne dans le pays pour dire du mal de moi.

Pudentienne ne portait aucun ombrage aux Lemény ; ils savaient qu'elle figurait sur le testament
de leur oncle pour une rente viagère de six cents
francs ; ce qui leur semblait acceptable et juste.

Sylvestrine seule les inquiétait.

Ils avaient d'abord songé à la faire renvoyer ;
mais ils s'étaient tout de suite aperçus que ce serait
une lourde faute de faire contre elle la moindre dé-
monstration d'hostilité. Elle était la petite nièce de
Pudentienne et il ne fallait pas espérer avoir une
alliée contre elle dans la vieille servante. Savelon
paraissait d'ailleurs tenir beaucoup à la jeune fille.
Elle était gaie, pimpante et familière, remplis-
sant la grande maison vide de ses rires et de ses
chansons, du pif-paf de ses talons sur les dalles des
corridors et des envolées de ses jupes dans les esca-
caliers.

— Mieux vaut encore l'accepter de bon gré,

s'étaient dit les Lemény, que de risquer de mécontenter l'oncle et de nous brouiller avec Pudentienne.

Ils avaient donc pris le parti d'être très gracieux aussi avec Sylvestrine. Lucienne lui prodiguait les compliments ; elle lui disait qu'elle avait de beaux yeux ; elle admirait ses cheveux qu'elle lui faisait dénouer pour en admirer la longueur et par une camaraderie bien flatteuse, les comparait avec les siens, qu'elle avait dénoués aussi, constatant que ceux de Sylvestrine avaient quatre-vingt-dix centimètres tandis que les siens n'en avaient que quatre-vingt-trois.

Elle regardait les mains de la jeune bonne, les trouvait fines avec de jolis doigts fuselés : — On dirait des mains de marquise, s'écriait-elle, et vous avez travaillé aux champs avec des mains comme cela !... Et ces oreilles, sont-elles d'un joli dessin !... Ce sont des bijoux, ces oreilles !... Et vous me ferez croire que votre grand-mère n'a pas eu une faiblesse avec le seigneur de votre village !....Ce n'est pas possible.... Voyez-moi donc cette taille !... Elle tient entre mes deux mains... Mais c'est qu'elle n'a pas de corset avec cela... Mon enfant, il ne faut jamais aller à Paris... On vous enlèverait... C'est terrible, Paris, pour les jeunes filles, quand elles sont jolies comme vous... Il y a tant de gens acharnés à les perdre... On leur offre des toilettes, des diamants, des dentelles ; on les mène au théâtre, dans les bals, dans les concerts, dans les grands restaurants... Elles ont des domestiques, des chevaux, des voitures, de belles maisons avec de beaux meubles et des salons dorés... C'est affreux !... Comment voulez-vous qu'une pauvre fille résiste ? Cela tourne la tête de se voir habillée comme les plus grandes dames, d'avoir des bagues plein les doigts, des colliers de perles, des fourrures, de passer sa vie à s'amuser, d'être entourée d'hommages et avec cela de s'amasser de bonnes rentes pour l'avenir et de pouvoir au bout de quelques années, retourner au pays, plus riche que les plus riches... Non, mon enfant n'allez jamais à Paris ! Est-ce qu'il ne vaut pas mieux mener l'existence de votre tante ? Elle s'est dévouée toute sa vie ; elle en est récompensée par l'estime de tout le monde... Ne préférez-vous pas cela au luxe, à la richesse et au plaisir, voyons... N'est-ce pas ? Parlez franchement...

— Si, Madame, répondait ingénuement Sylvestrine.

Lemény trouvait que la tactique de sa femme n'était pas mal habile ; sous prétexte d'inculquer à la jeune servante l'horreur de Paris, ses exhortations tendaient à lui inspirer un violent désir d'y aller.

L'imagination de Sylvestrine n'était cependant pas troublée par les tableaux enchanteurs de la vie qui l'y attendait et elle ne parlait pas de quitter le bon M. Savelon.

Lucienne essaya ensuite de la coquetterie. Elle rapporta de ses voyages à Paris des boucles d'oreille, une bague et des coupons pour faire des robes.

Sylvestrine s'en para avec plaisir ; mais on ne la vit pas plus qu'avant rechercher les occasions de sortie pour faire admirer sa toilette. En vain on dansait le dimanche au *Repos de la Marine* sur le bord du canal ; en vain le crin-crin de l'orchestre arrivait jusque dans la maison de M. Savelon, Sylvestrine continua à ne sortir que pour aller à la grand'messe avec Pudentienne et parfois l'après-midi au cimetière, toujours accompagnée de sa tante, pour prier sur la tombe de « défunte Mme Savelon », la mère de Monsieur, que Pudentienne avait connue.

XIII

Lemény n'aurait peut-être pas insisté pour reprendre l'entretien avec Thérèse, là où il en était resté ; mais celle-ci avait pris moins facilement son parti de renoncer à un amour qui lui avait rempli le cœur d'une ivresse débordante. L'aveu mensonger que lui avait fait Lemény continuait ses ravages dans ce cœur vierge encore que la brutale indifférence des hommes avait laissé solitaire.

Dans un élan de sacrifice, Thérèse avait pu dire : « Non, pas d'amour, de l'amitié seulement » ; mais la nuit en s'agitant sur sa couche, elle répétait tout bas : je l'aime ! je l'aime. En vain elle essayait de lutter, elle sentait que cet amour avait pris sa vie.

La pensée que Tiburce pouvait l'abuser, ne se présenta pas à son esprit. Livrée tout entière à la joie dominatrice de sa passion, elle ne douta pas un seul instant qu'il n'eut pour elle toute celle qu'elle avait pour lui.

Bientôt elle cessa de résister, s'abandonnant sans

remords à présent à l'allégresse qui chantait dans son âme des hymnes triomphales. Il lui semblait désormais qu'elle avait plus de droits sur Tiburce que Lucienne ; il lui paraissait qu'elle l'avait toujours aimé, qu'ils étaient l'un à l'autre par un titre primordial et antérieur au code des hommes. Tout ce qui n'était pas lui était aboli en elle et tout le passé, toute la vie écoulée sans lui, était devenue à ses yeux quelque chose de lointain et d'étranger.

On était au mois de novembre, mais le temps était superbe. Invitées par un soleil qui semblait généreux encore, Lucienne et ses amies avec Lemény, berger d'un beau troupeau, allèrent se promener au loin dans la campagne.

Il restait un peu de verdure dans les parties basses des buissons qui s'étaient trouvées protégées contre les premiers vents froids. Le chemin qui bordait le canal était bruissant et bariolé de feuilles d'or tombées des peupliers. Les prairies avaient des teintes très douces d'un gris cendré et les horizons s'estompaient d'une brume de mystère et de rêve où les arbres dessinaient leur profil en traits indécis, dans la suavité des couleurs flottantes. Il arrivait des lointains une bonne odeur ligneuse.

On croisa un bateau sur lequel une femme balayait. Un petit chien s'agitait près d'elle sur le pont. La poupe et le mât se reflétaient dans l'eau sombre, glacée ça et là par les nuages de plaques d'un violet rose.

Les promeneurs devisaient comme dans une cour d'amour sur des questions que proposait Tiburce :

« Aimeriez-vous mieux souffrir que de faire souffrir ? » et encore : « Vaut-il mieux un grand amour
malheureux qu'une bonne petite affection bien calme
et heureuse ? »

Ensuite pendant que Marthe et Elmire marchaient
un peu en avant, Lemény parla du « clou d'or » ; il
dit ce que Sainte-Beuve entendait par cette locution :
« planter le clou d'or ». C'était avoir au moins une
fois des relations intimes avec une femme, qui pouvait n'être plus après qu'une amie, mais à laquelle
on restait toujours attaché ensuite par un intérêt
tendre et un souvenir reconnaissant.

Tout à coup Mme Heuduin s'écria :

— Ma clef !... J'ai perdu ma clef... la clef de mon
armoire à bijoux...

— Êtes-vous sûre que vous l'aviez ?

— Sûre, je l'avais à la main tout à l'heure... Je
jouais avec elle quand nous avons vu passer le bateau. Je l'aurai laissée tomber en voulant la remettre
dans ma poche... C'est ennuyeux, il faut que j'aille la
chercher...

— Nous allons vous attendre là, dit Lucienne. Tiburce, accompagnez Mme Heuduin...

Lemény ne pouvait se dérober au devoir d'accom-
pagner la jeune veuve. Il la soupçonnait d'avoir été
émoustillée par la dissertation sur le clou d'or et
d'avoir pris le prétexte de sa clef perdue pour se procurer un tête-à-tête, mais il se résolut à imiter la con-
tinence du jeune Scipion.

Arrivée à l'endroit qu'elle avait désigné, Mme Heuduin se baissa en faisant mine de ramasser quelque

chose dans l'herbe et montra sa clef à Le%ény : La voilà ! dit-elle... Allons, bon, ajouta-t-elle, voilà qu'il m'arrive un nouveau malheur... Ma jarretelle est cassée... En me baissant...

— C'est ma faute... J'aurais dû me précipiter et ne pas vous laisser baisser... Puis-je vous aider pour réparer ?... fit Lemény.

— Oh ! s'exclama Mme Heuduin avec un petit rire très provocant.

Le canal formait un coude entre eux et le groupe des autres promeneurs.

Mme Heuduin posant le pied sur une petite motte de terre soulevée par les racines d'un peuplier releva ses jupes, en découvrant une jambe fort jolie d'ailleurs, et en laissant même entrevoir la naissance d'une cuisse savoureuse.

— Défendu de regarder, dit-elle.

— Oh ! Madame, vous n'auriez pas cette cruauté, protesta Lemény en s'ajustant au contraire le monocle dans l'œil.

— Tenez, vous me troublez, je ne peux pas arriver à la raccommoder.

— Eh bien, permettez-moi de vous aider...

— Oh ! c'est que je suis tellement chatouilleuse !... Ne me chatouillez pas au moins !

Lemény ne pouvait plus se dérober.

La plus élémentaire politesse exigeait qu'il plantât le clou d'or. Il allait entraîner Mme Heuduin dans le fossé gazonné qui bordait le chemin de halage, quand un chien arriva brusquement auprès d'eux, bientôt suivi d'un homme qui sortait d'un champ.

Pour le coup Mme Heuduin ne pensa plus à sa jarretelle et, laissant retomber sa robe, elle hâta le pas vers ses amies.

A la chute du jour, on regagna Monclin par une autre route, entre les champs et les prairies où rampaient de blanches vapeurs.

Il faisait nuit sombre quand on arriva aux premières maisons.

Dans l'obscurité, Thérèse qui marchait auprès de Lemény, saisit sa main par un mouvement rapide et la porta à ses lèvres.

XIV

La ferme des Porion était une des dernières maisons du village. Elle était située près du pont en face du « château » de l'oncle Savelon, de l'autre côté du canal. Leur jardin descendait jusqu'au chemin de halage, sur lequel s'ouvrait une petite porte.

C'est par là que s'échappait Thérèse le soir, après le coucher de la famille, pour aller retrouver Lemény qui l'attendait tantôt derrière une meule, dans les champs, tantôt à l'entrée du petit bois voisin. Elle lui indiquait l'heure et le lieu du rendez-vous par un billet qu'elle lui glissait dans la main. Parfois elle envoyait sa petite sœur Berthe reporter à Lemény un livre ou un numéro de revue qu'il lui avait prêtés et en marge duquel elle avait écrit à l'encre sympathique.

Tiburce expliquait à sa femme comme il pouvait ses sorties tardives ; tantôt il se plaignait d'avoir le sang à la tête et disait qu'il avait besoin de prendre l'air, malgré le froid et la bise qui n'invitaient guère à la promenade nocturne ; tantôt il alléguait une lettre à mettre à la poste. Une boîte aux lettres que le courrier emportait en passant à onze heures du soir était déposée dans l'auberge de Mme Mollet. Quand Lemény était resté parti un peu trop longtemps, il expliquait qu'un paysan qui était attablé chez Mme Mollet, lui avait demandé des renseignements pour une affaire devant le conseil de préfecture au sujet d'une prétendue usurpation de bien communal et qu'il avait dû donner une longue consultation de droit administratif. Thérèse n'avait pas de soupçons. Elle continuait à ne pas apercevoir de rivales possibles pour elle à Monclin.

Thérèse et Lemény ne se rencontrèrent ainsi d'ailleurs que quatre ou cinq fois. Le temps était sévère. Le givre faisait craquer l'herbe sous les pieds des amoureux et ce n'était pas seulement d'émotion que tremblait Thérèse dans les bras de Lemény.

Ils s'étreignaient sous la bruine ou sous la neige et les caresses des mains froides leur donnaient la chair de poule ; mais Lemény dans les ténèbres s'imaginait que c'était Marthe dont il pressait le jeune corps contre le sien. Thérèse avait la même voix que sa sœur. Il cherchait sur ses lèvres le goût des baisers de Marthe ; il dénouait ses cheveux et les répandait sur son dos, les pressant contre sa bouche, y plongeant ses narines voluptueuses pour y trouver l'odeur de la chevelure de Marthe ; il palpait à travers l'étoffe les hanches frémissantes, le ventre resté juvénile et la gorge que la privation de caresses avait laissée peu développée, les interrogeant sur les hanches, le ventre et la gorge de Marthe.

Thérèse était prête à se donner. — Oui, je suis à toi, mon bien-aimé, disait-elle. Prends moi, je t'appartiens ; je suis tienne... fais de moi ce que tu voudras... Je ne suis plus dans ta main qu'une toute petite chose, sans volonté. Tu m'as enlevée à tout jamais à moi même...

— Chérie, chérie, mon adorée, répondait Lemény, toujours halluciné par l'image de Marthe, je t'aime, je t'aime... Mais où nous voir autre part que dans cette boue et dans ce froid ?... Nous ne pouvons nous fier à personne dans le pays pour trouver une maison.

— Si tu pouvais t'échapper la nuit, tu viendrais à la maison, disait Thérèse, **ma chambre** est loin de celle de mes parents, à côté de celle **de Marthe** qui dort toute la nuit comme un loir sans s'éveiller...

— C'est impossible, et Thérèse ?... Je ne puis la quitter.

— Chez ton oncle... Dans le pavillon du jardin... Tu pourrais facilement me procurer une clef pour entrer...

— Oui, mais les bonnes...

— Elles ne me verront pas. Elles sont dans la cuisine ou la lingerie sur le devant de la maison...

— C'est bien dangereux.

— Je t'aime... Je veux être à toi... car vois-tu, pour

moi, aimer est synonyme de se donner... Dès que je t'ai aimé, j'ai senti le besoin de me donner...

— Oui, oui, je trouverai un prétexte pour venir chez l'oncle Savelon... Des livres de sa bibliothèque à consulter...

— Ecoute, notre maison est en face de celle de ton oncle. De la fenêtre de ma chambre, on voit celles de la bibliothèque, tu te montreras à la fenêtre quand tu y seras... ou plutôt non, tu relèveras le rideau, je comprendrai... Je pourrai venir en plein jour... Le soir, je verrai ta lumière.. Quand je pourrai m'échapper, je viendrai te retrouver.

Ainsi fut-il convenu et Lemény donna pour prétexte à sa femme qu'il avait trouvé dans la bibliothèque de son oncle quelques livres intéressants qui pouvaient lui être d'un grand secours pour son ouvrage.

— Et pourquoi n'apportes-tu pas les livres ici ? demanda Lucienne.

— O naïve, lui répondit l'artificieux Lemény, tu ne vois donc pas qu'il faut profiter de cela pour surveiller ce qui se fait chez l'oncle ? Je saurai à quoi m'en tenir sur ce qu'il en est de cette petite Sylvestrine avec lui...

Lucienne trouva son mari machiavélique et ne fit plus d'objections.

Le père de l'oncle Savelon et de Mme Suret était un ancien médecin de Longpré qui s'était retiré à Monclin, où il avait acheté la propriété qu'habitait maintenant son fils ; il se proposait d'y écrire un vaste ouvrage intitulé : « La Vie et la Mort devant la Physiologie », ouvrage qu'il avait annoncé pendant trente ans dans ses visites aux malades et qui ne vit jamais le jour. Pour travailler sans être dérangé par les bruits de la maison, il avait installé sa bibliothèque à l'étage d'un pavillon isolé au bout du jardin, et dont le rez-de-chaussée servait de débarras et d'abri pour les outils du jardinage.

Une porte s'ouvrait sur le chemin que bordait le canal.

— Oncle Savelon, avait dit Lemény, j'ai jeté un coup d'œil sur les livres de votre bibliothèque... Il y en a qui peuvent me servir pour ce que je fais en ce moment et je vais venir travailler chez vous, si vous le permettez...

— Comme vous voudrez... installez-vous dans une chambre du premier, à moins que vous ne préfériez emporter les livres chez vous... Comme il vous plaira... Liberté complète.

— Du tout, du tout, ce serait un grand dérangement de transporter tous ces volumes... il y en a bien une centaine à compulser... Je serai très bien dans la bibliothèque...

— C'est que c'est terriblement humide... Vous allez geler là bas.

— Je ferai du feu.

— Comme vous voudrez. Pudentienne montera du bois.

— Ça fera du bien aux livres.

— Le fait est qu'ils doivent être un peu moisis depuis le temps qu'on n'y a touché.. Tout est resté en place comme au temps de mon pauvre père... Moi,

le journal me suffit... Je ne lis pas autre chose.

Dans l'après-midi même de son installation à la bibliothèque, Lemény ayant relevé les rideaux, reçut la visite de Thérèse.

Un monceau de vieilles correspondances et de brochures gisait par terre devant la table: C'est là que Thérèse s'abandonna.

Dans son amour dédaigneux de tout ce qui n'était pas lui, insouciante des vains préjugés sociaux, elle n'avait fait aucune réserve en se livrant. Que lui importaient les conséquences, pourvu que Lemény goutât dans ses bras l'ivresse complète ? Mais celui-ci gardant plus de sang-froid, n'oublia pas combien était cruelle la punition qu'inflige le pharisaïsme de nos mœurs à l'amante, qui obéissant à la loi qu'à voulue la nature elle-même, perd pendant une seconde seulement, dans l'éclair du plaisir, la notion des prudentes restrictions.

Lorsqu'il était avec Thérèse dans la pièce soigneusement close, devant l'âtre où brillait un feu clair, Lemény la dépouillait nue, assise entre ses jambes, enlevant lentement son corsage et faisant tomber ses jupons ; comme à Paris dans l'hôtel où l'avait conduit la pierreuse, il regardait son corps, tâchant d'y retrouver celui de Marthe.

Et quand des cris de volupté s'échappaient de la bouche de Thérèse, Lemény se disait : — C'est ainsi que sa sœur serait sous mon baiser ; ainsi qu'elle crierait et se cabrerait sous mes coups !...

Puis après que Thérèse était partie, Lemény, sa lampe éteinte, prolongeait sa veillée dans l'obscurité de la bibliothèque. Avec des jumelles, il regardait la fenêtre de Marthe qui négligeait de fermer ses volets et les jeux de la lumière dessinaient sa silhouette sur les rideaux ; il la voyait vaguement aller et venir à demi-nue dans sa chambre avant de se coucher.

Tout occupé qu'il fut de sa jeune sœur, Lemény n'en avait pas moins eu le désir de Thérèse elle même après l'excitation qu'avaient causée à ses sens les étreintes inachevées des rendez-vous sous le ciel inclément de décembre ; mais cette mince cristallisation ne fut pas de longue durée. Elle ne résista pas aux premières possessions et bientôt y succéda une profonde satiété de Thérèse.

Elle l'ennuyait maintenant de son amour. Dans les promenades et les soirées, il évitait de rencontrer son regard ; il sentait les yeux de la jeune fille qui cherchaient les siens ; il les détournait, autant qu'il pouvait. Il fuyait toutes les occasions de se trouver seul avec elle.

Quand les amies de Mme Lemény mettaient leurs manteaux au moment de s'en aller, après leurs petites soirées, c'était Mme Heuduin ou Hermance Poulette qu'il aidait à mettre le leur pour ne pas risquer de frôler la main de Thérèse. Elle l'ennuyait et l'agaçait ; elle lui paraissait sotte avec son sentimentalisme d'un autre âge, il se faisait à lui même des reproches de ses mauvais sentiments ; mais il ne pouvait prendre sur lui de jouer encore avec elle la comédie de l'amour.

L'illusion qu'il avait essayé de se donner en la confondant avec Marthe s'était évanouie désormais.

L'échange des reflets avait cessé ; les personnalités des deux sœurs étaient redevenues distinctes. Non, ce n'était pas la saveur des baisers de Marthe que Thérèse lui avait fait connaître ; il n'avait pas éprouvé dans ses bras cette joie capable de dépriser pour lui toute joie et que Marthe seule était capable de lui procurer.

Le corps de Marthe aussi était différent, il était plus svelte, plus gracile, avec le buste allongé d'un androgyne et les cuisses d'un éphèbe.

Tel était le prestige dont la parait son exaltation amoureuse que Marthe semblait à Lemény trop inaccessible et trop lointaine ; il rejetait ses ardeurs sur le cercle des femmes qui l'entouraient et qu'il sentait prêtes toutes à lui appartenir ; il leur demandait à chacune un trait de Marthe ; il éparpillait ses désirs sur la gorge mince d'Hermance Poulette, sur les attaches de bras d'Elmire Goret, sur la nuque de Juliette Vérité aux annelures ambrées, sur les épaules d'une pente classique et la grâce arrondie d'Estelle Prache, sur le rire provocant de Mme Heuduin qui s'étouffait en un roucoulement de tourterelle amoureuse, sur la bouche sinueuse et appeleuse de baisers de Lucienne. Il n'était pas jusqu'à la petite Berthe Porion dans les yeux de laquelle il ne cherchât à retrouver l'expression de malice rêveuse du regard de Marthe.

De toutes ces convoitises mêlées et combinées, il se dégageait une volupté fluidique, une luxure volatile qu'on respirait avec l'air quand on entrait dans la maison des Lemény.

XV

Thérèse attribuait la froideur de Tiburce à la nécessité où il était de dissimuler son amour, non pas seulement à Lucienne; mais encore et surtout à la surveillance jalouse des amies de celle-ci et en particulier de Mme Heuduin.

Quand il détournait obstinément ses yeux du sien, quand il se montrait empressé et attentif auprès d'une autre ou qu'il évitait de parti pris de se trouver seul avec elle, l'amante confiante et soumise se disait que tout cela était destiné à donner le change.

Elle aimait Tiburce de toute la puissance de son âme et la pensée ne pouvait lui venir que l'amour de celui-ci pour elle ne fût pas aussi absolu que le sien.

Dans de courts moments où il n'avait pu se dérober à l'entretien, Tiburce pour expliquer son attitude lui avait dit : — J'ai peur que Lucienne ne se doute de quelque chose.

— Tu crois ? s'était écriée Thérèse effrayée.

— Oui, j'ai peur que mes séances à la bibliothèque ne lui paraissent bien suspectes. Elle m'a parlé de mon travail sur un ton qui m'a paru ironique.

— Il faut redoubler de prudence...

— Oui, oui, beaucoup de prudence...

— Tu as raison... Pendant quelques jours je n'irai pas à la bibliothèque.

— Où nous verrons-nous alors ?

— Ma chérie, il faut du courage... Restons quelques jours sans nous rencontrer...

— Oh ! vivre sans tes baisers !...

— Nous nous verrons ici du moins...

— Oui, je te vois quand les autres sont là ; mais je ne puis t'embrasser, je ne peux pas me serrer contre ton cœur, baiser tes lèvres, te dire combien je t'aime...

— Patience, ma chérie, je chercherai... Laissons passer quelques jours... Le temps d'endormir les soupçons...

— Tu crois qu'elle se doute de quelque chose.

— Je le crains... Observe-la, toi... Parle-lui... tu verras si elle paraît faire des allusions...

— Je trouve aussi qu'elle n'est plus avec moi comme avant...

— C'est peut-être une idée...

— Voilà Mme Heuduin... C'est elle que je crains surtout... Parlons d'autre chose...

— Je t'aime...

— Tais-toi... Elle nous écoute...

Lemény à l'insu de Thérèse allait encore à la bibliothèque de l'oncle Savelon ; mais il évitait de soulever le rideau pour ne pas lui donner le signal de venir.

Il y allait comme à un observatoire d'où il regardait Marthe. Debout, un peu loin de la fenêtre pour ne pas pouvoir être aperçu, il plongeait avec des jumelles dans la chambre de la jeune fille, à travers un coin de vitre que le rideau ne couvrait pas.

On était maintenant à la fin de l'hiver et déjà parfois il passait dans l'air un souffle de printemps.

Par une matinée des premiers jours de mars, où le soleil brillait, clair et joyeux, Lemény était à son poste habituel. Il faisait doux comme au mois de mai; il y avait partout une allégresse contenue.

C'était un dimanche. Marthe la fenêtre entr'ouverte s'habillait pour la messe. Lemény la vit devant son armoire à glace, renouvelant le geste qu'il avait surpris derrière le paravent le jour de la comédie. Sortant de la chemise les deux globes d'une poitrine dont il apercevait, grâce à la finesse de ses verres, le creux charmant et la peau lustrée, aux tons dorés et chauds d'un pétale de magnolia, elle les couvrit de ses paumes et en fit dresser la pointe par l'excitation de son doigt; puis sous l'aiguillon de cette caresse, laissant tomber à ses pieds sa chemise qu'elle enjamba, elle prit des poses devant la glace; elle levait les bras comme une Diane qui tire son arc et découvrait le poil léger de ses brunes aisselles; elle était la Vénus pudique qui cache d'une main un de ses beaux seins et de l'autre dérobe le pubis aux regards trop avides.

Maintenant elle semblait immobile, toujours tournée vers le miroir; mais Lemény qui ne la voyait plus que de dos, crut remarquer cependant qu'un frémissement léger parcourait son corps.

Ensuite elle se mit à faire des ablutions; mais à chaque instant, amoureuse d'elle-même, elle revenait se camper devant la glace pour contempler avec une attention minutieuse quelque partie d'elle-même.

Enfin elle se décida à quitter le spectacle de sa nudité et se mit à s'habiller. Les bras dressés au-dessus de sa tête, le buste renversé en arrière par un mouvement qui cambrait ses reins et faisait saillir ses seins aigus et durs, elle passait le peigne avec effort dans ses longs cheveux ondulés et crêpés.

Un pied posé sur la table, la jupe relevée au-dessus du genou, elle boutonna ses bottines ; puis avec de jolis mouvements des bras, elle laça son corset à fleurettes roses.

Ayant alors passé sa robe, elle se tamponna la figure avec sa houppette à poudre de riz, fixa son chapeau avec des épingles et prit ses gants dans un tiroir de la commode.

Quelques instants après, Lemény voyait Marthe et Thérèse accompagnées de leur petite sœur Berthe qui traversaient le pont, avec leur livre de messe à la main.

Il avait quitté la fenêtre et s'était remis devant sa table de travail, quand la porte de la bibliothèque s'ouvrit. Lemény ne mettait plus la targette du côté du jardin depuis qu'il n'avait plus à craindre d'être surpris avec Thérèse.

Sylvestrine parut pimpante et gaie.

— Oh, pardon, dit-elle en reculant, je ne savais pas que Monsieur était là...

— Entrez, entrez ; vous ne me dérangez pas... Cela me fait toujours plaisir de voir une jolie fille... Ah ça, vous n'êtes donc pas à la messe ?... Le second est sonné.

— J'y ai été ce matin à huit heures.

Sylvestrine portait un petit livre qu'elle essayait de cacher sous son tablier.

— Et qu'est-ce que vous veniez faire ici, Sylvestrine ? demanda en souriant Lemény. Qu'est-ce que c'est que ce livre que vous tenez là ?... Un livre de piété, je suppose... Allons, montrez-moi ce livre...

Sylvestrine ne voulait pas le donner ; Lemény lui saisit les mains ; elle se défendait tout en riant aux éclats ; mais il finit par s'emparer du volume. C'était le tome II de *Justine ou les Malheurs de la Vertu* avec des vignettes...

— Et vous veniez chercher la suite, dit Lemény. Eh bien, vous faites de jolies lectures !... Mes compliments... Tenez, vous pouvez prendre le troisième volume maintenant... il n'a plus rien à vous apprendre...

Elle se tenait devant lui toute rougissante, tordant un bout de son tablier et regardant Lemény du coin de l'œil avec un sourire qui sollicitait son indulgence.

Lemény la regardait avec un visage ardent. L'idée de l'effroyable et soudaine dépravation que la lecture du marquis de Sade avait dû produire dans l'imagination de la jeune fille lui mettait les sens en tumulte.

— Venez là, dit-il... là.

Elle s'approcha de lui. Elle était debout et lui assis ; il la frôlait et sa main tremblait un peu.

— Comment, vous avez lu cela ? lui dit-il en lui montrant une vignette obscène... Et celle-ci ?... Et celle-ci ?... Mais c'est épouvantable !...

Elle continuait à se taire en souriant, il l'attira

dans ses bras, l'assit sur ses genoux. Ses mains pres-
saient sa taille et palpaient sa gorge.

— C'est très mauvais, des lectures et des images
comme celles-là, lui dit-il ; cela doit vous monter la
tête... Si au moins, tu avais un amoureux, ajouta-t-il
en se mettant maintenant à la tutoyer, tu pourrais
calmer ton imagination ; mais tu n'en as pas... Voyons,
est-ce bien vrai que tu n'en as pas ?

— Non, Monsieur.

Elle détournait la tête en riant, montrant ses jolies
dents étincelantes et menues comme des grains de
riz.

— Bien vrai, bien vrai ?

— Bien vrai.

— Tu n'en as jamais eu ?

Elle secoua la tête.

— Ça, je ne le crois pas... N'est-ce pas que tu en
as eu un ? répétait Leményen déboutonnant le haut
du corsage où apparut un peu de chair nacrée.

Elle riait toujours.

Alors il lui renversa la tête et la baisa sur la bouche ; puis ouvrant tout à fait son corsage, sous lequel il n'était nul busc importun, il eut l'éblouissante
et soudaine vision d'une adorable gorge à la carna-
tion veloutée et transparente ; il pressa de ses lèvres
la fleur du sein gauche et la fit éclore, dressée et
rose.

Les yeux de Sylvestrine s'étaient agrandis et des
soupirs de volupté s'échappaient de sa poitrine.

Leményglissa avec elle sur le tas de livres et de
vieux papiers où Thérèse lui avait donné sa virgi-

nité ; mais cette fois l'étreinte du mâle n'arracha pas
de cri douloureux.

XVI

Lemény avait dit à Thérèse qu'il lui était impossible désormais de la voir à la bibliothèque. Il était
surveillé de trop près, Lucienne avait encore fait des
allusions inquiétantes. Pendant quelque temps ils
devaient se tenir sur leurs gardes ; mais il finirait
bien par trouver un endroit où ils pourraient se voir
sans danger.

Il n'en venait pas moins à la bibliothèque et Sylvestrine y était aussi très assidue.

Son corps pour n'être pas d'une perfection sta-
tuaire n'en avait pas moins des formes singulière-
ment attirantes et troublantes. La gorge était fournie
et d'un éclat admirable ; le ventre était large et les
flancs hauts ; la croupe et les cuisses étaient opu-
lentes, les jambes un peu courtes, les pieds et les
mains d'une finesse exquise ; elle avait les rondeurs
poupines et moelleuses des femmes que peignait Bou-
cher ; mais surtout elle plaisait à Lemény par les
ardeurs d'un tempérament soudainement éveillé et
son emportement au plaisir.

Elle persistait d'ailleurs à dire qu'elle n'avait jamais eu d'amant, avouant seulement qu'étant petite
fille, elle avait polissonné avec des petits garçons de

son village et que c'était ainsi qu'elle avait été dé-
florée avant d'être nubile.

Lemény en proie à un perpétuel éréthisme, ne per-
dait cependant pas de vue ses intérêts d'héritier ; il aurait bien voulu interroger Sylvestrine sur la nature des
rapports qu'elle pouvait avoir avec son oncle Savelon ; mais quelque curiosité qu'il avait de s'édifier
sur ce point, il s'abstint de toute question ayant trait
de près ou de loin à ce sujet délicat, dans la crainte
de mettre Sylvestrine en défiance.

Il s'était aperçu qu'elle était très intelligente et se
rendait compte mieux qu'il ne l'avait fait d'abord de
la rivale redoutable qu'elle aurait pu être pour les
héritiers naturels auprès du vieil ataxique.

Le lien qui unissait maintenant à lui la jeune
bonne le rassurait. Il se persuadait qu'il était devenu
son amant, non par un coup de passion, mais par un
acte réfléchi et provide de sa volonté afin de se
mettre à l'abri de toute entreprise de Sylvestrine
contre l'héritage.

Désormais elle était à sa merci, il pouvait si tel était
son bon plaisir l'éloigner de Monclin, l'entretenir
dans quelque ville du voisinage ou même à Paris.

Qui sait du reste s'il ne serait pas forcé de recourir à ce parti? Soit par inexpérience, soit par fougue
d'amoureuse, Sylvestrine en se donnant à lui, ne lui
demandait pas de prendre ce qu'au temps de Louis XV
on appelait déjà des précautions.

Le malheur ne serait pas grand après tout, se disait-il. Sylvestrine irait accoucher à Paris... Les mois
de nourrice seront peu de chose à côté de la fortune

de mon oncle qu'elle aurait pu m'enlever, pour peu qu'elle eut été intrigante et eut voulu faire la conquête du vieux bonhomme... Nous en serons quittes à bon marché...

Pendant que Lemény veillait ainsi à la préservation de la succession de l'oncle Savelon, Lucienne continuait sans en être lassée encore la vie que nous avons décrite avec son petit cercle féminin.

Un jour Hermance Poulette lui apprit qu'elle serait bientôt forcée de quitter la troupe. Elle allait se marier.

Grande nouvelle qui mit tout le monde en émoi !

Mme Poulette, la mère d'Hermance, avait été jolie et l'on disait dans le pays qu'elle avait eu des faiblesses pour un gentilhomme campagnard des environs.

C'était une femme intelligente et qui avait fait plus que son mari pour la prospérité de la maison. Au commerce primitif d'épicerie, de bonneterie et de charcuterie, elle avait joint depuis peu un cabaret que son amabilité avait promptement achalandé.

Un vieux célibataire de Saint-Valery y venait quelquefois. On l'appelait Pinceprez. Il était propriétaire d'une ferme située à un kilomètre environ au-dessus de Monclin et quand il allait voir son fermier, celui-ci le reconduisait jusqu'au bourg, où il lui offrait, avant de se séparer, un café chez Mme Poulette.

Pinceprez ne rendait jamais la politesse. Fils d'un fesse-mathieu réputé pour son avarice à deux lieues à la ronde, il était encore plus crasseux que son père.

On racontait de ce dernier qu'il n'écrivait jamais à

ses fermiers ; il se contentait d'envoyer une simple
enveloppe non affranchie à leur adresse. Ceux-ci,
d'accord avec Pinceprez la refusaient quand le fac-
teur la leur présentait, mais n'en étaient pas moins
avertis que le propriétaire s'impatientait de ne pas
recevoir ses fermages et, s'ils tardaient encore, les
envois d'enveloppes, même de simples bouts de car-
ton en guise de carte postale, et toujours non affran-
chis, se multipliaient.

Pinceprez fils enchérissait encore sur son père ; il
passait sa vie dans un grand jardin qu'il avait auprès
de la ville, le cultivant lui-même avec l'aide d'une
vieille femme qui lui servait de bonne et d'un bancal
qu'il payait à prix réduit à cause de son infirmité, quoi
qu'il exigeât de lui, disait ce malheureux, le travail
de deux hommes qui auraient eu « leurs droitures. »

Pinceprez était végétarien, non par goût ni par
système, mais par économie. Il ne mangeait de
viande que quand ses fermiers l'invitaient à dîner.
Le reste du temps il se nourrissait exclusivement
de légumes puisqu'il en récoltait et que de cette façon, il n'avait pas besoin de débourser d'argent.

Bien mieux il vendait les meilleurs produits de son
jardin et ne se réservait pour lui que les pommes de
terre avariées ou malades. Parfois seulement quand
il se sentait l'estomac un peu fatigué par ce régime,
il allait rendre visite à son père qui avait aussi un
jardin, demandait à voir sa récolte pour la comparer
à celle de son marais et lui dérobait quelques pommes de terre saines qu'il glissait furtivement dans ses
poches.

Pinceprez fut millionnaire quand il joignit ses éco-
nomies à celles de son père, après la mort de celui-ci;
il eut désormais deux jardins à cultiver au lieu d'un;
mais ne pouvant se décider à payer des journaliers
supplémentaires pour l'aider, il peinait du matin au
soir sous le soleil ou la pluie.

La fatigue, le hâle et les privations l'avaient rendu
affreux. Il était d'une maigreur de fakir, la figure
couverte de taches de rousseur, le front et les tempes ridées par un clignotement continuel de ses yeux.
Il était bègue et avait la malheureuse manie d'em-
ployer dans la conversation des adverbes qu'il ne
pouvait achever de prononcer qu'au prix de longs
efforts.

— En voulez-vous encore un peu, monsieur Pinceprez ? lui demandait par exemple la femme de son
fermier, quand il déjeunait chez elle.

— Ex... ex... ex... excessivement peu, répondait
Pinceprez.

L'artificieuse Mme Poulette n'en conçut pas moins
l'idée aussi hardie que bizarre de faire de Pinceprez
un mari pour sa fille. Elle l'attira chez elle sous prétexte de lui acheter des fruits et des pommes de terre.

Hermance avait hérité de la beauté de sa mère et
bien que son célibat impatiemment supporté, lui eût
fait perdre beaucoup de sa fraîcheur, elle n'en était
pas moins désirable encore et Pinceprez, émoustillé
par un biscuit et un verre de vin généreux dont il
n'avait pas l'habitude, en tomba amoureux.

Ce vieux garçon de quarante ans n'avait pas encore
eu sa crise. Telle était la transformation opérée par

l'amour que Pinceprez, malgré son humeur sauvage, consentit pour complaire à sa fiancée, à venir à une soirée chez Mme Lemény.

Le même miracle avait fait de lui presque un élégant. Il avait des vêtements neufs et, sous l'influence des excellents dîners que lui préparait Mme Poulette chaque fois qu'il venait faire sa cour, ses joues creuses commençaient à se remplir.

Il n'en était guère moins laid et sa timidité incurable s'ajoutait à son bégaiement pour le rendre ridicule.

Tel était cependant l'ardente envie de se marier dont Hermance était consumée qu'elle envisageait sans horreur ce personnage grotesque et il eût été inexact de dire qu'elle l'épousait seulement pour sa fortune.

XVII

C'était le matin du grand jour.

Tout était en agitation dans la maison Poulette. Les parents venus des pays environnants avaient été installés comme on avait pu sur des matelas posés par terre dans tous les coins du logis, sur le comptoir de la boutique et au grenier.

Les lavabos n'étaient pas moins sommaires que les couchages, et les hommes, la chemise ouverte sur des poitrines touffues, attendaient leur tour pour se débarbouiller à la cruche et à la terrine qui leur servaient de cuvette et de pot à l'eau.

Les femmes en jupon et les mains posées en croix de Saint-André sur leurs épaules nues en guise de fichu, couraient çà et là, remontaient et descendaient l'escalier du grenier.

Au fur et à mesure qu'ils avaient revêtu la redingote de drap luisant, les messieurs venaient dans la boutique qui servait de salon d'attente et où déjà étaient des invités. Ils tenaient leurs doigts raides et écartés, gênés par la compression inconnue des gants et regardaient leurs souliers vernis à élastiques encore sans plis dont l'éclat les hypnotisait.

A chaque instant des commères affairées ouvraient la porte de la chambre du fond où Mme. Poulette, aidée d'une tante et de deux voisines, était depuis l'aube à la toilette de la mariée, dont on entrevoyait les beaux bras et un peu de gorge.

En arrivant, Lucienne alla voir Hermance, et Lemény l'aperçut devant la glace, toute de blanc vêtue maintenant, pendant que les matrones autour d'elle, piquaient des épingles dans son voile.

Les invités étaient déjà presque tous au complet. Ils parlaient de la récolte. C'étaient des amis ou des parents de la famille Poulette. Le marié n'était représenté que par son fermier et un frère de celui-ci qui devaient lui servir de témoins. Sa famille qu'il ne voyait pas et qui d'ailleurs désapprouvait son mariage avec une personne d'une condition inférieure à la sienne, avait eu ce double motif pour s'abstenir. Quant à des amis, Pinceprez était un solitaire qui n'en avait pas.

Un cabriolet s'arrêta devant la porte et un gros individu au teint de brique en descendit.

Deux hommes échangèrent des clins d'œil en le voyant. C'était M. Desurmay, le gentilhomme campagnard pour lequel on disait que Mme Poulette avait eu des bontés. Lemény entendit une femme dire à l'oreille de sa voisine, que c'était lui qui faisait tous les frais de la noce.

Quand Hermance sortit de la chambre, revêtue enfin du voile des mariées, elle alla tout de suite lui présenter ses deux joues à baiser. Poulette était plein de considération pour M. Desurmay.

On était très serré dans la boutique. Quelques hommes allèrent causer sur la route, devant la porte. Tout le monde restait debout, en faisant un cercle assez large autour de la mariée, de peur de déranger par un frôlement l'arrangement de son voile. Les femmes se taisaient, uniquement occupées aussi de ne pas froisser leur toilette.

Le mariage était fixé pour dix heures et demie. Mme Poulette regardait fréquemment sa montre, pendue à son côté, et reportait ensuite ses yeux pour la contrôler sur l'œil-de-bœuf : Dix heures et demie bientôt, laissa-t-elle échapper. Il n'est pas en avance...

Sur le seuil de la maison, Poulette tout en causant de la betterave qui s'annonçait très belle cette année, surveillait le tournant de la route par lequel devait arriver la voiture de M. Pinceprez.

Des bandes de gamins curieux stationnaient en face de la maison. Aux fenêtres entr'ouvertes du voisinage, des figures embusquées guettaient le départ du cortège. Une détonation se fit entendre, produite par une sorte de tube en fer qu'un malandrin avait chargé de poudre. Les femmes poussèrent de petits cris de terreur que suivit un silence pénible.

— Il est en retard, dit tout à coup Mme Poulette d'une voix altérée.

Elle échangea un coup d'œil avec son mari.

— Va donc voir au coin de la rue s'il arrive, reprit-elle.

Poulette alla à quelques pas de là, jusqu'à un carrefour d'où l'on découvrait un long ruban de route dans la direction de Saint-Valery.

— Rien, dit-il en revenant. Qu'est-ce qu'il peut bien fabriquer?... Ah! ça, ajouta-t-il avec un sourire forcé, cherchant à voir dans les yeux des assistants ce qu'ils pensaient. Il affectait un air tranquille et dégagé, mais la sueur perlait sur son front.

La mariée devint toute pâle, et elle regarda sa mère avec des yeux hagards.

— Pourvu qu'il ne soit pas malade, dit Mme Poulette qui, à part elle, avait une autre crainte... Si on allait voir...

— On peut prendre mon cabriolet, dit M. Desurmay.

— Oui, c'est cela, dit Mme Poulette. Poulette ira sur la route au-devant de lui.

Desurmay alla à l'auberge voisine, chez Mme Mellet, où il avait mis sa voiture et donna ordre d'atteler.

— Ça va le faire venir, dit quelqu'un.

— C'est comme de se mettre à table quand on attend un convive en retard, appuya Lemény.

Mais cette prévision optimiste ne se réalisa pas, et la voiture était attelée avant que le marié eut paru.

Lemény monta dans le cabriolet avec Desurmay.

— Vous allez le rencontrer en route pour sûr, dirent des invités.

Comme le cabriolet détalait au trot rapide, le malandrin fit partir une seconde détonation.

Les deux hommes dans la voiture, le père putatif et le père véritable, avaient la même inquiétude. Desurmay se taisait, fouettant son cheval, et Poulette ne pouvait que murmurer des mots entrecoupés : — Ça serait un coup !... Ça serait un coup !... C'est pas des choses à faire... Sa respiration haletante agitait la broderie de sa chemise à petits plis et à gros boutons de strass, si fine qu'on croyait apercevoir sa poitrine au travers.

Ils arrivèrent au faubourg sans avoir rencontré Pinceprez et poussèrent jusqu'à la maison de celui-ci, sur le quai en face du port. Les volets en étaient fermés.

A cette vue qui confirmait ses prévisions, Poulette en grinçant des dents, se précipita furieux sur la sonnette et voulant sonner, l'arracha dans un mouvement convulsif. Alors il se mit à heurter de ses poings la lourde porte et les volets, mais rien ne répondit.

Il prit le fouet de Desurmay et à tour de bras, il frappa avec le manche. La maison continua de rester silencieuse.

Des matelots norvégiens occupés à débarder un navire avaient interrompu leur travail et regardaient avec étonnement cet homme en habit noir et en chapeau haute-forme qui se livrait à des actes d'extravagance. Des habitants du voisinage sortaient sur le seuil ; des fenêtres s'ouvraient ; des têtes curieuses apparaissaient. Deux ou trois gamins qui jouaient sur le port entouraient le cabriolet, formant le premier noyau d'un rassemblement.

Poulette frappait toujours, avec autant de rage et d'acharnement que si ce fut sur Pinceprez. Le malheureux fouet de Desurmay était en charpie.

— Vous allez démolir la maison, intervint enfin un des spectateurs.

Un autre parlait à Desurmay qui était resté effondré dans le cabriolet : — C'est M. Pinceprez que vous demandez ? lui dit-il... il me semble que j'ai entendu la grand'porte s'ouvrir ce matin de très bonne heure...

— Je l'ai vu, dit un autre qui venait de s'approcher, il était cinq heures du matin... J'ai regardé au carreau... il est parti dans sa voiture...

— Ah ! le salaud ! le salaud ! rugit Poulette en remontant dans le cabriolet où il se laissa tomber, affaissé sur la banquette.

— Le salaud ! Le salaud ! répétait-il à demi-voix. Je m'en doutais, je m'en doutais, je m'en doutais... Nous faire un tour pareil ! Salaud ! Salaud !...

XVIII

Il faut renoncer à peindre l'aspect de la boutique

de Poulette quand il y revint avec Desurmay. On a observé avec quelle inexplicable rapidité se répand la nouvelle des désastres. La fuite de Pinceprez était connue avant le retour des deux hommes.

Ils trouvèrent Mme Poulette et Hermance tombées à côté l'une de l'autre, chacune sur une chaise, et en proie à une crise de nerfs. La mariée, le corsage dégrafé, ses voiles arrachés et Mme Poulette dont on avait délivré aussi l'opulente poitrine trop comprimée dans la robe verte de moire antique, secouaient leurs bras et leurs jambes en poussant par intervalles des ululations. Près d'elles une parente s'était évanouie dans un fauteuil et l'on avait dû aussi délacer son corset d'où s'échappaient deux lourds appas pareils à une gelée frissonnante. La petite Berthe Porion, demoiselle d'honneur, jetait des cris aigus.

Desurmay allait de la mariée à la mère et leur prenait les mains en répétant : — On en trouvera un autre, un mieux que ce sale grigou...

Pendant qu'on inondait les femmes de tout le vinaigre de la boutique, les hommes pour se remettre eux aussi faisaient appel aux liqueurs du café ; ils commentaient la conduite de Pinceprez et leurs gants ôtés, plus à l'aise dans les entournures de leurs habits, ils disaient avec de larges gestes du bras : — Voyons, c'est-il des choses à faire ? Ils considéraient longuement d'un œil stupide leur interlocuteur, attendant sa réponse que celui-ci enfin formulait ainsi : — Non, c'est pas des choses à faire, ça ne se fait pas, ça ne se fait pas.

Poulette avait trouvé une belle expression dont la noblesse lui paraissait comme une première revanche de son amour-propre blessé, il allait de groupe en groupe, disant : — Voyons, est-ce rationnel ?

Mme Poulette était revenue de sa syncope et Lemeny en sa qualité de juriste lui disait qu'elle avait droit à une indemnité de Pincepres : — Vous pouvez lui réclamer au moins dix mille francs, disait-il, non seulement pour les préparatifs du mariage qu'il doit payer évidemment, mais encore pour le préjudice moral causé à Mlle Hermance...

La blessure des époux Poulette était déjà moins cuisante sous le baume que leur était l'assurance de cette grosse somme.

Lucienne embrassait Hermance : — Voyons, lui disait-elle, il n'y a pas de quoi te désoler, tu ne l'aimais pas... C'était impossible... Il est affreux, horrible, ridicule, odieux... Comment avais-tu pu consentir à être la femme d'un pareil homme ? Tu te sacrifiais... Ce qui arrive est très heureux pour toi... Pauvre petite, tu ne sais pas ce que c'est que le mariage... Tu serais morte de dégoût !... Pense donc !... Nous t'en trouverons un autre, un mieux que cet ignoble Pinceprez... Ce ne sera pas difficile.

— Non, non, sanglotait Hermance, non, non, on n'en trouvera pas... Non, personne ne m'aime, pas même de Pinceprez...

Deux heures se passèrent en récriminations et en cris ; mais quand vint le moment fixé pour le repas, la faim se fit sentir aux invités.

Il fallait bien manger et l'on ne pouvait renvoyer

les parents et amis déjeuner à leurs frais à Saint-Valery, alors qu'un excellent menu était préparé pour eux.

Le dîner était dressé dans la grange d'une ferme voisine prêtée complaisamment par un cultivateur et qu'on avait parée pour la circonstance de drapeaux et d'emblèmes.

Hermance et sa mère ne voulurent pas venir à table et l'on n'osa pas insister ; mais Poulette se devait à ses invités. Il avait repris la correction et l'impassibilité d'un homme d'État de l'ancienne école.

Il s'assit pour présider le repas au-dessous d'un cartouche de toile blanche bordée de lierre, sur laquelle on lisait cette inscription : « Vivent les mariés ! »

Le commencement du dîner fut moins silencieux que de coutume. Les libations et les commentaires sur la conduite de Pinceprez avaient animé tout le monde.

Quand vint le rôti, une dizaine de convives allèrent en délégation chercher la mariée et sa mère. Échauffés par les viandes et le vin, ils ne comprenaient plus du tout maintenant l'abstention de celles-ci.

Ils ramenèrent Mme Poulette qui avait gardé sa robe de moire ; mais Hermance persistait à ne pas vouloir venir. Elle continuait à gémir et à pleurer.

— N'y a-t-il pas de quoi se faire du mal ? s'écria Poulette qui avait puisé d'abondantes consolations dans les bouteilles placées près de lui.

Il jeta sa serviette sur la table et suivi de Desurmay, il tenta une nouvelle démarche auprès d'Hermance.

Les deux pères revinrent au bout de quelques minutes. Ils avaient échoué eux aussi.

— Elle dit que ça ne se fait pas, rapporta Poulette. Elle dit que ça ne se fait pas de dîner quand il vous arrive une chose pareille...

— Comment, ça ne se fait pas ! protesta Lemény ; ce qui ne se fait pas, c'est ce qu'a fait M. Pinceprez, et comme cela ne se fait pas et ne s'est jamais fait, on ignore ce qui doit se faire après... C'est là un fait inouï, une circonstance sans précédent et pour laquelle il n'y a ni usage ni convenances...

— Très bien, très bien, s'exclamèrent les convives ; il faut aller lui dire ça, monsieur Lemény.

— Oui, oui, bravo !...

— Mon-sieur Le-mé-ny ! Mon-sieur Le-mé-ny !... scandèrent tous les jeunes gens de la noce en frappant sur la table avec leur couteau.

Lemény ne pouvait se dérober à la mission, il se leva.

— Bravo ! Bravo !... Ramenez-la, Monsieur Lemény.

Lemény entrevit l'aurore d'une popularité. Il n'avait point été acclamé avec tant d'enthousiasme dans le département de Rhône-et-Durance.

Dans la maison des Poulette, une vieille femme au fond d'une petite pièce qui servait de cuisine, se livrait à de vagues occupations. Lemény trouva Hermance assise sur une chaise, la tête posée sur ses mains.

Elle resta dans cette attitude en entendant ouvrir la porte ; mais poussa un léger gémissement.

— Voyons, lui dit Lemény en caressant ses cheveux, vous pleurez encore ?... Il n'y a vraiment pas de quoi... Qu'est-ce que vous pouvez regretter d'un pareil mari... Vous qui êtes si jolie !

Il écartait doucement les mains de la jeune fille qui releva son beau visage et le regarda avec ses yeux humides.

— Même M. Pinceprez, dit-elle, même lui qui ne veut pas de moi !...

— Est-ce que cela compte, un Pinceprez ?

— Il est le premier qui m'ait demandée... Il y a des jeunes filles qui n'ont pas plus de dot que moi et qui se marient pourtant... Moi, je ne plais pas... personne ne m'aime...

— Vous, mais vous êtes la plus jolie jeune fille de Monclin.

— Je vois le résultat... Ce qu'il y a de certain, c'est que je n'ai jamais eu d'autre amoureux que M. Pinceprez...Tenez au premier mai, toutes les filles du village ont des maris à leur porté...Moi je n'en ai pas.

— Mon Dieu, c'est peut-être précisément parce que vous êtes trop jolie... On n'ose pas... La beauté intimide... Quand j'étais jeune et que j'allais au bal, je n'osais jamais inviter à danser les jeunes filles qui me plaisaient le plus... Je n'étais entreprenant qu'avec les laiderons.

Hermance secoua la tête : — Vous êtes bon, dit-elle, vous voulez me consoler... Mais je sais à quoi m'en tenir. Vous pensez bien que pour avoir accepté M. Pinceprez, il ne faut pas se faire d'illusions...

Non, non, personne ne m'aime, personne ne m'aimera jamais !...

— Mais si, comment ne vous aimerait-on pas ?

Il lui parlait comme à un enfant dont on endort la douleur avec des paroles apaisantes et des gestes calmants.

Hermance secouait toujours la tête, souriant pourtant à travers ses larmes.

— Mais si, mais si, répétait Leméry. Je vous assure qu'on peut très bien vous aimer...

Il donnait à sa voix une inflexion de tendresse qui faisait de ce qu'il disait une sorte d'aveu.

— Non, ne parlez pas de vous, fit Hermance qui devenait coquette... Je sais pour qui sont vos préférences... Je n'ai jamais eu part à vos attentions...

— C'est que vous êtes si sage, si réservée... Et puis je vous l'ai dit... La beauté m'intimide...

— Que voulez-vous ? Je ne plais pas aux hommes... il y a des laides qu'on aime mieux que moi... Tenez, Marthe Périon... car elle est franchement laide celle-là...

— Que savez-vous des sentiments que j'ai pour vous ?... Est-ce que je vais les exprimer à une jeune fille ?

— Ne me dites pas cela. Je ne vous croirai pas... Ni vous ni une autre, personne ne m'aimera, vous dis-je. Je le sais, c'est ma destinée...

— Mais si, mais si.... On vous aime déjà... peut-être.

Il se penchait sur elle, lui parlant de tout près, la bouche sur son cou dont les mèches blondes chatouillaient ses lèvres.

Elle riait d'un petit rire provoquant, montrant de jolies dents qui avaient envie de mordre à la pomme.

— Non, non, vous non plus vous ne m'aimez pas, répétait-elle ; mais elle parlait maintenant sans conviction et comptait bien être démentie.

— Que faut-il faire pour vous prouver qu'on vous aime ? demandait Le—mény dont les lèvres s'étaient posées sur les cheveux de la jeune fille.

— Rien, rien, vous ne me persuaderez pas...

Il l'avait prise dans ses bras, couvrant sa bouche et son cou de baisers.

— Ne dis pas cela, murmurait-il avec une expression ardente, tu blasphèmes... Je t'adore au contraire... Dis... dis, veux-tu ?

Elle défaillait, murmurant comme en rêve : — Oui, oui, connaître l'amour !... Ne serait-ce qu'une fois !...

Quelques instants après, Lemény faisait sa réapparition au banquet, ramenant Hermance dont les yeux encore rougis des pleurs qu'elle avait essuyés, brillaient de l'éclat des joies révélées.

Elle avait dépouillé sa robe blanche et sa parure de fleurs symboliques, gardées intactes pour une autre occasion, et avait mis sa robe dite « de lendemain » en mousseline de soie bleue.

Leur entrée fut saluée par des bravos et l'on complimenta Lemény de son succès.

— A la bonne heure, vous avez réussi, lui cria-t-on.

— Eh oui, dit-il avec une feinte modestie, il paraît que j'ai été éloquent.

Hermance éleva vers Lemény un regard de reconnaissance.

— Vous y avez mis le temps, par exemple, remarqua Poulette avec bonne humeur.

— Ah ! dit Lemény, c'est que Mademoiselle n'était pas facile à persuader... il a fallu lui faire un discours en trois points...

— Un ban ! proposa le voyageur d'une maison de gros d'Abbeville.

Rien ne manquait plus maintenant à la joie conviviale. On était au dessert. De temps en temps un mot d'ordre circulait et chacun embrassait sa voisine d'un bout de la table à l'autre ; puis l'on chantait des chansons.

Après le dîner, à la suite de la tournée obligée dans les principaux cafés de Monclin, on revint à la grange débarrassée des planches et des tréteaux qui formaient la table ; un piano loué la veille y avait été installé.

— On ne dansera pas, avait dit Mme Poulette ; mais la petite Berthe Porion, la demoiselle d'honneur, ayant été invitée à jouer son morceau : « Sultane-polka simplifiée », des jeunes filles entraînées par le rythme se prirent par la taille et commencèrent à tourner.

Des garçons firent leurs invitations et Lucienne, s'asseyant sur le tabouret, à la place de Berthe, se mit à jouer des quadrilles et des mazurkas.

Hermance elle-même ne résista pas à l'appel de la musique et à la prière de Lemény, se laissa emporter mollement, les yeux extasiés, aux sons d'une valse lente.

Ni elle ni personne ne pensaient plus à Pinceprez

qui pendant ce temps était caché à dix lieues de là, chez un de ses beaux-frères en Normandie. Après une nuit d'insomnie passée dans la même inquiétude que Panurge et dans la crainte aussi de livrer son argent aux mains dépensières d'une jeune femme et d'une famille besoigneuse, il était descendu dans sa cour avant l'aurore, avait attelé son cheval et avait trotté jusqu'à ce qu'il eut mis un nombre rassurant de kilomètres entre lui et sa fiancée.

Il ne revint à Saint-Valéry que trois semaines plus tard et en fut quitte pour payer une indemnité de 2.000 francs représentant les dépenses de la noce.

Quant à des dommages-intérêts pour le préjudice moral, le tribunal se refusa à l'accorder, sous le prétexte suggéré par l'avoué de Pinceprez que l'innocence de Mlle Poulette passait pour avoir subi quelque brèche avant l'incident du mariage manqué.

Lemény qui s'était porté officieusement le défenseur des Poulette, savait bien que ce bruit, s'il avait couru, n'était pas fondé; mais il ne put alléguer la preuve qu'il en avait eue.

XIX

L'oncle Savelon arriva un matin chez Lemény de son petit pas sautillant. Il avait l'œil vif et un sourire de contentement s'épanouissait sur ses lèvres. Cependant il avait l'air gêné en engageant la conversation.

— J'ai profité d'un moment où Lucienne n'y est pas, lui dit-il... Je sais qu'elle est chez les Porion ce matin... Je l'ai vue passer... J'ai quelque chose à vous dire en particulier...

— Parlez, mon oncle... Vous savez que je suis à votre disposition. Est-ce un conseil de droit que vous avez à me demander ?

— Non, non... C'est une confidence... Ecoutez. Vous êtes un homme désintéressé, vous... Vous n'êtes pas un homme à attendre après les souliers d'un mort.

Il vient me consulter pour son testament, se dit Leméry.

— Je n'en dirais peut-être pas autant de Lucienne, continua Savelon. Elle est comme sa mère, Lucienne. Elle aime l'argent.

— Oh ! mon oncle, pouvez-vous croire cela ? Je réponds d'elle comme de moi-même. Nous n'avons jamais songé à votre héritage... Lucienne a pour vous une affection de fille pour son père... Elle n'a pas connu le sien... C'est vous qui en avez été un pour elle.

— Oui, oui, je ne dis pas, il est bien certain qu'elle ne me souhaite pas la mort ; mais enfin j'ai une petite fortune... Sans souhaiter ma mort, il est permis de désirer d'hériter de ma petite fortune...

— Vous ne connaissez pas Lucienne, mon oncle...

— Ma petite fortune que du reste on a bien exagérée, poursuivit Savelon. Je ne sais pas où on prend l'argent qu'on m'attribue... Je serais content d'avoir ce qu'il en manque pour faire le chiffre qu'on dit...

— Peu nous importe, mon oncle ; votre fortune nous est bien indifférente... C'est vous que nous aimons et non pas votre argent. Lucienne est comme moi. Elle n'est pas ambitieuse... Moi, j'ai prouvé que je ne l'étais pas... Je serais à l'heure qu'il est préfet de première classe ou sénateur... ou ministre, si j'avais voulu... J'ai préféré briser ma carrière pour obéir à mes convictions... Voilà comme je suis !... Je ne pense pas qu'après cela, on puisse m'attribuer des calculs sordides...

— Bien, bien. Je vous crois et la preuve, c'est que je viens vous trouver pour vous parler loyalement, franchement... C'est bien vous montrer, n'est-ce pas, que j'ai confiance dans votre désintéressement... Sylvestrine m'en a donné le conseil... Elle m'a dit...

Savelon s'arrêta.

— Elle vous a dit ? demanda Lemény.

— Rien, dit le vieillard se reprenant.

— Enfin elle vous a dit du bien de moi ?...

— Pour sûr !... Elle m'a dit que vous n'étiez pas un homme comme les autres... Et j'ai confiance dans son jugement, je vous dirai... Elle est jeune ; mais elle est intelligente... Ce n'est pas la première venue... Elle a une certaine instruction, voyez-vous. Et puis elle a beaucoup lu...

— Beaucoup... Et elle vous est si dévouée...

— Ça, c'est bien vrai.

— Et avec tant de désintéressement !...

— Ça, je le crois.

— Vous pouvez en être sûr, mon oncle. Du reste il

y a des personnes qui inspirent des dévouements dé-
sintéressés... On les aime pour elles-mêmes.

— Oui, je crois que Sylvestrine...

— Mais revenons au conseil que vous aviez à me
demander, mon oncle.

— Ce n'est pas précisément un conseil, car je suis
décidé...

— Vous ferez comme vous voudrez, mon cher oncle. Ce que vous déciderez sera bien fait.

— C'est plutôt... Comment dirai-je? C'est plutôt
comme une communication dont je voudrais vous
charger pour ma nièce, comme qui dirait un faire-
part... C'est elle qui me chiffonne un peu.

Leményy commençait à trouver le préambule un
peu long, il se demandait où Savelon voulait en venir. Cependant il ne s'étonnait pas trop, ayant l'habitude des propos à bâtons rompus du bonhomme
dont le cerveau était en proie à un commencement
de ramollissement.

— Ne vous inquiétez pas de Lucienne, dit-il; Lucienne est comme moi. Ce que vous ferez sera bien
fait... Elle me disait encore hier : — Comme c'est
ennuyeux! il y a des gens qui attribuent notre séjour
à Monclin à je ne sais quelle préoccupation de l'héritage de mon oncle... Alors vous le savez bien, oncle,
que les médecins m'avaient ordonné la campagne...
Lucienne qui a toujours aimé Monclin a profité de
cela pour se rapprocher de vous... Et voilà...

— Ce que vous me dites là me fait plaisir... Ça me
rassure.

— Vous pouvez nous croire... Sylvestrine a eu rai-

son de vous dire que je n'étais pas un homme comme
les autres...

— Sylvestrine... C'est justement d'elle que je veux
vous parler... J'y arrive...

— Que veut-il dire? se demanda Lemény un peu
troublé. Aurait-il des soupçons? La pensée lui vint
que le vieillard était jaloux et après tous ces longs
détours oratoires, allait lui reprocher ses relations
dans la bibliothèque avec la jeune bonne.

— Sylvestrine... dit Savelon et il s'arrêta un instant; puis riant d'un rire gêné, il ajouta :

— Qu'est-ce que vous voulez?... L'homme a ses faiblesses... Nous sommes comme ça, nous autres, les
Savelon... Il y avait une vieille chanson du temps
de mon grand-père où on disait : « Petit bonhomme
vit encore... » Vous comprenez...

— Mon oncle...

— Enfin voilà !... L'herbe tendre... Elle est gentille et complaisante... Bref, je suis un vieux polis-
son... Et Sylvestrine va me donner un poupon...
Dame, il faut bien réparer...

— Il n'est pas de vous, mon oncle !... Elle vous
trompe !...

Ce cri involontaire échappa à Lemény.

Le vieillard se redressa l'œil irrité :

— Pas de moi, dit-il, ah ! par exemple !... Ah ! vous
savez... Je ne permets à personne de dire du mal de
Sylvestrine...

— Mais, mon oncle, à votre âge, songez donc !...

— Je pense que je sais aussi bien que vous de quoi
je suis capable, n'est-ce pas ?... Je suppose que vous

7

n'y êtes pas venu voir... Pour être de moi, c'est de moi... Sous ce rapport là, il n'y a pas de doute... Et comme en somme je ne veux pas laisser Sylvestrine dans l'embarras et que je tiens à donner un état-civil à mon enfant, je me marie... Voilà. Et ceux qui ne sont pas contents se contenteront.

— Mais, mon oncle, vous marier, pensez donc !... Avec une bonne !... Qu'est-ce qu'on dira dans le pays ? Vous un Savelon !...

— Je m'en fiche.

— Ce n'est pas pour l'héritage dont vous nous frustrez, c'est pour la considération, pour l'honneur de la famille que je vous conjure de réfléchir... Songez aussi à la disproportion d'âge...

— Vous voudriez peut-être que j'en épouse une de mon âge... Merci pour les vieilles peaux !...

— Mais qui vous empêche de garder Sylvestrine, d'élever votre enfant, de l'adopter, de lui léguer toute votre fortune...

— Votre enfant, vous êtes bien bon... Vous dites cela d'un air... Monsieur se permet de douter de Sylvestrine... Elle a plus de vertu dans son petit doigt que Lucienne et que sa mère dans toute leur personne...

— N'insultez pas ma femme, je vous prie...

— Ah ! Sylvestrine me trompe ! reprit Savelon que cette pensée obsédait, pourriez-vous me dire avec qui, Monsieur ?... Non, mais dites-moi le nom de son amant... Pour me tromper, il faut qu'elle ait un amant. Eh bien, nommez-le... Qui est-ce ?... Vous voyez bien que vous mentez... Une fille qui ne sort

jamais que pour aller le dimanche à la messe avec
Pudentienne.

— Eh, que diable, épousez-la après tout, s'écria
Lemény à qui la moutarde montait au nez… Mais
après un pareil scandale nous n'avons plus qu'à
quitter le pays… Vous demandez le nom de son
amant : Eh bien, c'est moi, moi… Entendez-vous,
je l'ai eue dans la bibliothèque où elle venait me
trouver…

— Vous mentez, vous mentez, répétait en mots
entrecoupés l'oncle Savelon au comble de la fureur.
Et si je n'étais un vieillard contre lequel vous abu-
seriez de votre force, je vous souffletterais, entendez-vous, je vous souffletterais pour avoir calomnié
Sylvestrine… A présent, je compte que ni vous ni
votre femme ne franchiront ma porte… Je vous l'in-
terdis.

— A votre aise… Et laissez votre fortune à mon
enfant. Elle ne sortira pas de la famille.

L'entretien se termina par cette flèche du Parthe.

XX

Savelon écrivit à Lucienne une lettre inspirée par
Sylvestrine, il lui signifiait sa rupture définitive avec
elle et son mari, parce que Lemény avait eu l'infamie
de se prétendre le père de l'enfant qu'attendait
celle-ci.

La rusée soubrette faisait ainsi d'une pierre deux

coups. Elle donnait une preuve de plus de sa loyauté à Savelon en provoquant son accusateur et se vengeait de Lemény en le brouillant avec sa femme.

Lucienne n'avait jamais eu de soupçons sur la fidélité de son mari depuis qu'ils habitaient Monclin. En proie à une excitation perpétuelle et quasi-morbide, Lemény, malgré les dépenses faites au dehors, avait gardé les apparences d'un époux aussi amoureux que par le passé. Souvent même Lucienne avait bénéficié sans s'en douter des désirs allumés par d'autres.

La lettre de Savelon lui fut un coup terrible. Elle ne douta pas que Tiburce n'eût eu des relations avec la jeune bonne pendant les longues heures qu'il passait à la bibliothèque. Beaucoup de petits détails et de circonstances auxquels elle n'avait pas fait attention lui revinrent en mémoire tout à coup et établirent dans son esprit la conviction et l'évidence.

Peut-être eut-elle pardonné d'avoir été trompée sans les conséquences qui s'en suivaient ; ce que rien ne pouvait excuser à ses yeux, c'était la sottise de cet homme qui se croyait un politique si avisé et si fin de s'être laissé duper par cette petite paysanne et d'avoir donné un rejeton à l'oncle Savelon.

Avoir passé trente ans de sa vie à soigner un oncle à héritage et se voir frustré de la succession d'une façon aussi grotesquement imprévue, c'était à quoi il était difficile de se résigner.

Lemény était assez penaud et baissait la tête sous l'orage.

Après une scène violente dont les échos retentirent jusque chez les voisins, Lucienne partit brusquement pour Paris, en annonçant qu'elle allait le jour même commencer la procédure en vue du divorce.

Leмény resté seul et dans un état d'âme peu enviable, se résolut à ne pas prolonger non plus son séjour à Monclin. Il avait deux chiens et un cheval au sort desquels il devait pourvoir; il alla chez Porion qu'il pria de prendre les animaux en pension en attendant qu'il trouvât à vendre le Hécla et à donner Ramoneau et Raveau.

La nouvelle du brusque départ de Lucienne était déjà connue. Porion toujours taciturne ne fit ni question ni commentaire. Marthe était occupée dans la cuisine à remplir des pots d'une confiture encore chaude dans la bassine de cuivre et dont l'odeur se répandait par toute la maison. Elle ne vint qu'un instant pour dire à Lemény un adieu indifférent et retourna à son occupation. Berthe qui découpait des images et les collait dans un album, regarda Lemény avec des yeux curieux d'enfant qui avait entendu raconter de lui quelque chose qu'elle ne comprenait pas très bien.

Thérèse reconduisit Lemény jusqu'à la grille; elle ne lui fit aucun reproche à propos de Sylvestrine; déjà elle avait pardonné et oublié.

— Tu vas être seul maintenant, lui dit-elle, veux-tu que j'aille avec toi? Je suis tienne. Partout où tu voudras, je te suivrai.

— Je t'écrirai, dit Lemény.

Ils convinrent qu'il adresserait ses lettres poste restante à Saint-Valery.

Lemény ne crut pas à propos d'aller prendre congé des Poulette qui étaient en relations anciennes avec sa femme et sa belle-mère, jugeant qu'ils devaient être du parti de Lucienne; mais quand il passa devant leur porte, dans la voiture de Porion qui le conduisait à la gare, il vit derrière le carreau de la fenêtre Hermance qui lui envoya un baiser.

A minuit il était dans un petit hôtel du boulevard Magenta, repassant tous les événements de son séjour à Monclin. Les deux années qu'il y était resté lui semblaient n'avoir été qu'un rêve dont on cherche à retrouver les images au réveil. Des figures de femmes passaient devant ses yeux dans l'obscurité: Hermance dans sa robe de mariée, Thérèse avec ses yeux humides si doux et si soumis, des yeux suppliants et humbles, Marthe dans sa nudité gracile telle qu'elle lui était apparue derrière le paravent, le jour de la comédie, Marthe l'inaccessible et l'indéchiffrable qui seule avait toujours échappé à son aimantation amoureuse comme à son analyse.

Il revoyait aussi la silhouette ironique de Sylvestrine, si ardente à la volupté et se roulant sous ses baisers sur le tas de papiers et de brochures de la bibliothèque tout en gardant dans sa tête froide le projet de se faire épouser de Savelon.

La pensée de Lucienne aussi lui revenait. Il sentait bien que tout était fini. Aurait-on pu même les réconcilier, le grief de la succession perdue serait toujours revenu entre eux. D'ailleurs un rapprochement même momentané était impossible. Lucienne avait blessé Lemény trop au vif dans les reproches qu'elle lui avait adressés. Mêlant l'ironie aux invectives, elle avait prononcé de ces mots que l'orgueil de l'homme ne pardonne pas.

En récapitulant son existence, Lemény avait contre Lucienne un plus grave motif de plainte. N'était-ce pas elle qui avait allumé dans ses veines ce feu impur qui maintenant le consumait ? Il vivait calme et heureux, parmi ses livres et ses amis, occupé de ses recherches d'histoire, les sens apaisés et la pensée sereine. Le lit conjugal lui avait été plus funeste que ne lui aurait pu être le seuil des courtisanes. C'est là comme dans une fournaise de luxure qu'il avait pris l'incendie. Qu'étaient devenues les belles intellectualités d'autrefois ? Lucienne avait tout ravagé de la flamme dévorante des concupiscences jamais assouvies.

Combien d'hommes elle a perdus celle qu'unissaient à eux cependant les liens d'une union légitime et qu'ils sont nombreux ceux qui pourraient s'en prendre à tout l'appareil religieux et civil des justes noces et répéter la parole d'Adam au Seigneur : « La femme que tu m'as donnée pour être avec moi m'a donné du fruit de l'arbre. »

Qu'allait faire maintenant Lemény ? Il ne se sentait plus ni force ni courage. Il était las, horriblement las. Désabusé de la politique, il se rendait compte qu'il était trop tard pour se faire une notoriété comme écrivain.

Il était voisin de la cinquantaine et ses rudes travaux d'amour l'avaient surmené. Il avait les mains agitées d'un petit tremblement, sa mémoire avait des défaillances et il lui arrivait de ne pas trouver les mots les plus simples au cours d'une conversation.

Il savait bien qu'il aurait fallu enrayer; mais son imagination et ses sens étaient dans un état de continuelle excitation qu'il ne pouvait plus maîtriser et même pendant cette nuit solitaire passée dans le petit hôtel du boulevard Magenta, ils ne le laissaient pas en repos; ils lui donnaient la tentation de se lever et d'aller chercher une compagne parmi les filles qui rôdaient peut-être encore à cette heure aux abords de la gare du Nord.

XXI

Lemény s'était établi dans un petit appartement de la rue des Ecoles.

Ses journées se passaient inutiles et vaines, il allait encore de loin en loin dans les bibliothèques et prenait machinalement des notes qu'il égarait ensuite et dont il ne se souciait pas; il essayait de se persuader à lui-même qu'il travaillait à quelque chose; mais il savait bien au fond que le vague ouvrage dont il écrivait quelques lignes parfois d'une écriture tremblotante et déjà sénile ne serait jamais terminé.

Si le temps était beau et invitait à la promenade, il marchait au hasard dans Paris, suivant des femmes et des fillettes à qui il soufflait à l'oreille des propositions avec des mots obscènes et quand il était fatigué, il s'asseyait à la terrasse d'un café d'où il regardait avec des yeux brillants de convoitise la croupe onduleuse des femmes qui passaient.

Le soir il avait des habitudes régulières. Il courait les établissements fréquentés par les filles. Toutes le connaissaient et se communiquaient les unes aux autres des particularités sur ses pratiques amoureuses. Elles l'appelaient « Monsieur Tiburce » ; d'autres plus familières lui disaient « Bon papa » et les étudiants le surnommaient « l'ancêtre ».

Il ramenait toujours une ou deux de ces filles passer la nuit chez lui ; parmi ces frimousses de débutantes, il en cherchait une qui ressemblât à Marthe.

Entre tous ces jeunes corps que reflétait sa glace, il voulait retrouver les seins menus et miroitants entrevus un soir par la fenêtre. Dans la diversité des chairs nues, les unes aux blancheurs anémiques et les autres aux colorations éclatantes sous lesquelles on sentait le passage d'un sang riche, au milieu des carnations de toutes sortes, mâtes ou transparentes, rosées ou pâles, veloutées, dorées, ambrées, il n'était occupé que de comparaisons avec le grain et le ton d'une peau que jamais ses mains n'avaient pu effleurer.

Etrange fascination qu'avait exercée sur lui cette enfant vicieuse et livrée sans doute à des plaisirs qui la rendaient indifférente aux hommages et aux regards des hommes! S'il écrivait encore de temps en temps à la triste Thérèse, c'était en pensant à Marthe et dans l'espoir qu'il en apprendrait des nouvelles...

Quatre ans se passèrent ainsi. Un matin Lemény

reçut une lettre de Monclin. Elle était de Thérèse, qui lui apprenait une série de catastrophes. Son père, le taciturne Porion, en proie à sa maladie noire, s'était pendu dans son grenier. Il était depuis long-temps obéré et la liquidation rendue nécessaire par une mineure n'allait rien laisser. Les terres, la mai-son et les meubles ne suffiraient pas à désintéresser les créanciers.

Marthe avait été recueillie par sa marraine, habi-tant Doullens ; quant à Thérèse elle venait à Paris avec Berthe, sa jeune sœur, et comptait sur lui pour l'aider à trouver une place.

Tiburce Lemény alla à la gare du Nord à l'arrivée du train dont la lettre lui indiquait l'heure. Il éprouva un vif étonnement en voyant à côté de Thérèse une grande fillette au lieu de l'enfant qu'il attendait. C'é-tait Berthe qui avait maintenant quinze ans et dont la ressemblance avec Marthe était telle que Lemény l'avait d'abord prise pour celle-ci.

Quant à Thérèse, elle était alourdie, vieillie, les paupières fripées et le coin des lèvres garni de poils durs qui n'invitaient point au baiser.

Elle était toujours sentimentale et sa main trem-blait en rencontrant celle du bien-aimé.

— Je vous emmène, dit Lemény. A quoi bon aller à l'hôtel faire des dépenses ? Venez loger chez moi, en attendant que nous vous trouvions quelque chose.

Un rayon de bonheur brilla dans le regard de Thé-rèse. Son Tiburce ne l'avait donc pas oubliée. Elle avait vécu depuis quatre ans avec sa pensée ; mais lui aussi avait gardé un peu de l'amour d'autrefois.

Elle le retrouvait bon et affectueux. Le suicide de son père, sa ruine et l'anxiété de sa position, tout était oublié. Amante apaisée par la longue mélancolie des années d'absence, il lui suffisait de revoir l'homme qu'elle avait aimé, d'être près de lui, d'entendre sa voix, de croire qu'il conservait de leur amour le même souvenir enchanté qui avait été, à elle, toute sa vie et l'unique aliment de son cœur et de son âme.

Lemény quoique gêné dans ses habitudes par la présence de deux jeunes filles qui l'empêchaient de ramener le soir chez lui ses petites amies du boulevard Saint-Michel, ne désirait nullement en être débarrassé. Il avait retrouvé Marthe dans Berthe ; il savait que la fillette serait mise en pension après le départ de Thérèse et il insistait pour garder cette dernière le plus ongtemps possible. Quand elle rentrait, annonçant qu'elle avait trouvé une place, il avait toujours des objections à lui faire. On lui offrait d'être institutrice en Russie. Pourquoi un exil si lointain ? Pouvait-elle consentir à mettre l'Europe entière entre ses jeunes sœurs et elle qui leur servait de mère. Une autre place se présentait en Normandie ; mais c'était chez d'affeux bourgeois enrichis où la délicatesse de sa nature serait continuellement froissée et qui n'auraient pas pour elle les égards auxquels elle avait droit.

Ainsi il tâchait de retarder le moment où Berthe quitterait sa maison. Il empêchait Thérèse d'aller faire ses démarches, la promenait dans Paris avec sa sœur, lui faisait visiter les monuments, la conduisait au spectacle. Thérèse ne se défendait qu'avec une énergie bientôt faiblissante, heureuse de rester auprès de Tiburce.

Pourtant un jour en revenant de faire une visite à une dame à qui elle avait été recommandée, elle dit qu'elle était résolue à prendre la place dont on lui avait parlé : — Je n'en retrouverai jamais une semblable, dit-elle. Il faut être raisonnable et accepter... Nous ne pouvons pas rester plus longtemps à votre charge... Nous avons toutes les deux abusé de votre bonté...

Lemény essaya de protester ; mais Thérèse l'interrompit : — Non, dit-elle, cette fois il n'y a plus d'objections possibles. C'est à Rouen, aux portes de Paris... Je ne quitte pas mes sœurs... Et vous même, mon ami, je pourrai vous voir quelquefois, ajouta-t-elle en baissant les yeux... La famille est excellente... La mère que j'ai vue est très sympathique et sera pleine de bontés pour moi... Confortable, égards, attentions, cordialité même, j'aurai tout cela... Je ne puis laisser échapper cette occasion...

Lemény ne trouva pas d'arguments à lui opposer.

— Et Berthe ? se borna-t-il à lui dire.

La jeune sœur de Thérèse était en ce moment dans une autre pièce occupée à lire un roman.

— Berthe !... Eh bien, je vais gagner... Je pourrai payer sa pension... Il faut qu'elle finisse son éducation pour gagner sa vie elle aussi... J'espère pouvoir trouver une maison modeste où l'on me fera des prix en rapport avec ma bourse.

— Me permettrez-vous de contribuer aux frais de la pension ? demanda Lemény.

— Oh, mon ami, que vous êtes bon ! s'écria Thérèse en serrant dans les siennes les mains de Tiburce. Des larmes d'attendrissement et de reconnaissance remplissaient ses yeux.

— Dites, vous permettez, n'est ce pas ?... Je suis un peu le père de Berthe puisque c'est vous qui êtes devenue sa mère...

— Vous êtes le meilleur des amis et le plus excellent des hommes...

— Ah ! vous acceptez... merci!..

Lemény attira dans ses bras Thérèse et déposa un baiser sur ses lèvres dont la petite moustache lui produisit une impression assez pénible. C'était le premier qu'il lui donnait depuis leur séparation à Monclin et Thérèse défaillante était près de s'abandonner ; mais Lemény ne se souciait pas de profiter de ce moment psychologique.

— Hélas, dit Thérèse, je ne vous ai retrouvé que pour vous quitter encore... Je pars demain.

— Demain ?

— Demain après-midi... Il le faut.

— Vous perdre de nouveau, mon amie!..

— Il faut que j'accompagne la mère de mes élèves qui repart par le train à trois heures.

— Enfin, soupira Lemény qui cherchait à se donner l'air résigné... Du moins vous viendrez souvent à Paris .. Vous pouvez toujours descendre chez moi... Vous direz que je suis votre oncle... A mon âge, avec mes cheveux blancs, cela n'a plus d'inconvénients.

— Que de choses à faire d'ici à demain !... Mes malles !... Et une pension pour Berthe !...

— Nous allons en chercher une ensemble. Tenez, à Auteuil. Celle dont je vous parlais l'autre jour... Vous voudrez bien que je la fasse sortir le dimanche ? Ne m'enlevez pas cette consolation. Je serai si seul quand vous serez partie ; Mon pauvre logis solitaire a été pendant quelques jours tout illuminé de votre sourire à toutes deux... Faites que Berthe y mette quelquefois son rayon de soleil... Nous parlerons de vous, de Monclin... Je la promènerai ; je la mènerai à des matinées... Elle dînera avec moi et le soir à huit heures, je la reconduirai à son pensionnat...

Tiburce Lemény se croyait sincère en disant qu'il voulait être un père pour Berthe ; mais c'était qu'il se mentait à lui même et ne se rendait pas compte exactement des sentiments que lui inspirait la fillette.

XXII

Le dimanche qui suivit le départ de Thérèse pour la Normandie, Tiburce Lemény alla chercher Berthe à son pensionnat.

Il avait pris une voiture et se fit conduire avec elle au bois de Boulogne où ils déjeunèrent dans un restaurant au bord des lacs, au bruit des valses et des czardas d'un orchestre hongrois.

La jeune fille était ravie. Elle goûtait avec curiosité

les plats inconnus aux noms bizarres, regardait sans
pouvoir en détacher ses yeux les belles dames en
toilettes extravagantes qui paraissaient si à l'aise au
milieu de tout ce luxe du service et du respect des
maîtres d'hôtel imposants et solennels avec leurs figures glabres, le menton garni d'une barbiche de bouc
à l'américaine.

Lemény s'amusait de ses étonnements et de ses ad-
mirations. On le prenait pour un bon père en partie
fine avec sa Benjamine.

Ils passèrent l'après-midi au jardin d'acclimatation
et assistèrent à une représentation au Palmarium ;
puis regagnèrent à pied Auteuil où par bonheur il
n'y avait pas de courses ce jour-là.

Ils dinèrent sans être bousculés par la cohue dans
un café voisin de la gare ; puis comme il allait être
huit heures, tristement Lemény donna le signal du
retour au pensionnat.

En s'en retournant dans le petit tramway légendaire
à un seul cheval qui fait le service entre Auteuil et
Saint-Sulpice, Lemény songeait déjà au prochain
dimanche où il ferait sortir Berthe et toute la semaine, il ne fut occupé que de cette pensée.

Il allait le soir dans ses cafés habituels, mais sans
y trouver la diversion qu'il y cherchait. Les filles lui
paraissaient laides et crapuleuses ; il résistait à toutes
leurs agaceries et ne ramenait plus personne chez
lui.

Les sorties de Berthe devinrent son unique plaisir.
Il ne vivait plus que pendant les quelques heures qu'il
passait avec elle.

Qu'y avait-il au fond du sentiment trouble qu'il éprouvait pour la fillette ? C'était peut-être le besoin de paternité qui dominait dans l'obscur et confus mélange dont il était composé.

Il veillait sur l'innocence de l'enfant comme aurait fait un vrai père. Non seulement il s'interdisait toute parole, tout regard, toute caresse que ne se fut pas permis le tuteur le plus rigide et le plus scrupuleux ; mais il prenait soin encore d'écarter de sa table quand elle était chez lui les livres et les journaux qui n'auraient pas pu tomber sans danger sous ses yeux. Les romans que Thérèse avait permis à sa sœur, lors de leur séjour dans l'appartement, étaient interdits maintenant à Berthe. Le vigilant Lemény avait retiré des gravures de femmes nues qui ornaient sa chambre et la statuette de Ganymède que Marthe Porion et Elmire Goret avaient jadis pu inspecter tout à leur aise dans ses plus petits détails, était à cause de Berthe, juchée sur la planche la plus inaccessible d'un placard.

Lemény ne conduisait la jeune fille qu'à des pièces d'une innocence bien et dûment établie. Encore préférait-il le cirque ou les concerts.

Non, vraiment, cet homme n'avait pas d'arrière-pensée inavouable. Voir cette enfant, écouter son gentil babil, entendre sonner son joli rire et regarder ses grands yeux ou il retrouvait ceux de Marthe, c'était tout ce qu'il demandait et ces joies lui suffisaient.

Cette petite fille allait peut-être devenir le salut pour lui. Il avait renoncé aux cafés et aux brasseries de femmes. Son cerveau et sa moelle qu'il ne répandaìt plus dans les combats nocturnes, lui rendaient un peu de ses facultés d'autrefois ; il s'était remis avec goût à ses travaux.

Il y avait deux mois que Berthe était pensionnaire quand Lemény reçut un matin une lettre dont l'enveloppe portait le nom de l'établissement d'Auteuil. L'adresse était tracée d'une main ferme et sévère. Ce n'était pas l'écriture encore un peu lourde et embrouillée de l'élève.

— C'est le bulletin de conduite de Berthe que l'on m'envoie, se dit Lemény.

Il ouvrit la lettre qui était ainsi conçue :

« Monsieur,

« En l'absence de Mlle Thérèse Porion, je prends la liberté de vous prier de vouloir bien passer au pensionnat le plus tôt qu'il vous sera possible pour une communication urgente relative à Berthe.

« Veuillez agréer, Monsieur, etc.

« Claire Douvillé. »

Lemény très inquiet s'habilla à la hâte et se fit conduire à Auteuil.

— Madame la Directrice, demanda-t-il au concierge.

— Si Monsieur veut bien passer au salon...

Lemény attendit quelques instants dans une grande pièce où il était déjà venu avec Thérèse et qu'ornaient des dessins d'élèves. Un Bélisaire aux deux crayons et une Mignon à la sanguine se faisaient pendant aux côtés d'une cheminée que surmontait une pendule-borne. Le tableau d'honneur était encadré de velours bleu. Lemény y chercha le nom de Berthe qu'il ne trouva pas.

Mlle Douvillé entra. Elle avait l'air à la fois contristé et solennel.

— Monsieur Lemény, n'est-ce pas ? dit-elle.

— Oui, Mademoiselle, répondit-il en s'inclinant.

— Monsieur, reprit Mlle Douvillé en s'asseyant, j'ai une communication pénible à vous faire... Vous vous intéressez à Berthe Porion... Nous ne pouvons garder cette enfant...

Lemény sursauta : — Et pourquoi, Mademoiselle ?

— Je regrette, Monsieur, de vous contrister. Berthe Porion est d'une précocité inquiétante pour ses compagnes... Je dois craindre la contagion sur celles-ci... J'ai même dû depuis hier l'isoler.

— Mais qu'a-t-elle fait, Mademoiselle ? Elle est si pure, si innocente !...

— Mon Dieu, Monsieur, je ne crois pas montrer un rigorisme excessif en vous disant que les billets que j'ai trouvés dans son pupitre ne font pas précisément la preuve de son innocence...

— Des billets ?

— Des billets, des lettres... Je rougis d'avoir à vous donner ce détail... des billets que lui adressait un aide-jardinier qui venait travailler chez nous et que j'ai immédiatement congédié bien entendu... il lui écrivait en des termes... avec un tel cynisme d'expression que je n'oserais vous les faire lire.

— Eh, mais... Est-ce de sa faute si ce misérable
s'est permis... A une enfant de quinze ans !...

— Elle l'avait provoqué, Monsieur. Cet homme
que j'ai interrogé m'a remis pour sa justification
les lettres que lui a écrites Berthe. C'est elle qui a
engagé la correspondance... Celles-là, je peux vous
les montrer. Elles ont un peu plus d'orthographe ;
mais ne sont guère d'un style moins cru... Les voici.
Tenez, si vous voulez prendre connaissance de la
première...

Lemény lut avec stupeur les lignes suivantes :

« Je vous écris ces quelques lignes pour vous dire
que je vous aime et que je ne pense qu'à vous.

« Quand vous travaillez dans le jardin, je vous regarde pendant la classe. C'est moi qui suis au bout
du banc, à côté de la deuxième fenêtre, dans la classe
de Mlle Lescandieux. Je puis vous voir quand vous
bêchez ou que vous ratissez devant la maison. Je suis
encore jeune ; je n'ai que quinze ans ; mais je sais
déjà beaucoup de choses ; je sais comment on fait
quand on est mari et femme et je veux être ta femme.
(Ici Berthe se mettait à tutoyer) J'avais au village,
dans mon pays, département de la Somme, une bonne
qui m'a appris. Elle avait un amoureux ; mais s'il y
a quelque chose que je ne sais pas, tu m'apprendras.
Dis, veux-tu ? Je t'aime ; je t'adore ; je suis à toi
pour la vie... Réponds-moi, tu mettras tes billets
dans le gros buis à droite de la pelouse, dans le haut
des branches, du côté du cèdre du Liban. Réponds
pour demain, je t'adore. La nuit je ne dors pas ; je

pense à toi, j'ai hâte d'être dans mon lit pour penser à toi tout à mon aise. Chéri, chéri petit homme. Réponds-moi, trouve un moyen de nous voir, de nous embrasser, d'être l'un à l'autre comme ma bonne avec son amoureux qui se donnaient tant de plaisir ensemble. Je t'aime. Aime-moi aussi. Si tu ne m'aimais pas, si tu en aimais une autre, je mourrais. »

« Berthe PORION ».

« Élève de la 3e classe ».

Lemény restait silencieux, atterré par cette lecture.

— Les autres sont encore plus fortes, lui dit Mlle Douvillé ; quant à celles du jardinier, vous pensez ce qu'a pu devenir sous sa plume une correspondance engagée sur ce ton... Je ne sais où en est l'éducation pratique de Berthe en pareille matière ; mais je puis vous assurer qu'au point de vue théorique, s'il y existait encore quelque lacune à son arrivée chez moi, elle a trouvé un éducateur pour les combler par les explications les plus claires...

Mlle Douvillé s'était levée.

— Les affaires de Berthe sont prêtes, Monsieur, dit-elle. Vous allez pouvoir l'emmener. Voulez-vous que je fasse venir une voiture ?

XXIII

Lemény dans le fiacre qui les ramenait vers son

logis de la rue des Écoles, interrogeait sa pupille. Il avait pris la main de la jeune fille, la regardant avec indulgence et affection, tâchant de la rassurer et de l'encourager à lui faire sa confession.

Comment avait-elle eu l'idée d'écrire à ce jardinier? Elle, une enfant de bonne famille, que ses parents avaient bien élevée!...

— Il me semblait beau, répondit-elle naïvement.

— Mais est-ce que vous lui avez parlé? Mlle Douville me disait qu'une des lettres de cet homme semblait indiquer que vous aviez eu une conversation...

— Une fois, dit Berthe en baissant la tête et en tortillant de sa main libre son mouchoir avec lequel elle s'était essuyé les yeux.

— Où cela?

— Au bout du jardin pendant l'étude... J'avais dit que j'étais souffrante... On m'a permis d'aller prendre l'air.

— Et il vous attendait, lui?

— Oui, fit Berthe d'une voix faible.

— Et que s'est-il passé?

— Rien.

— Mais encore?

Elle se taisait.

— Il vous a pris les mains?... Il vous a embrassée?

— Oui.

— Et après?... Il vous a serré contre sa poitrine?

La petite fit un signe d'assentiment; mais quand Lemény voulut pousser son interrogatoire plus loin, elle ne répondit plus que par des dénégations.

— S'il y a eu autre chose, on peut le savoir... dit

Lemény. Et on peut faire punir cet homme, qui a
abusé d'une enfant.

— Oh ! non, non, protesta vivement Berthe...Non,
non... Et puis d'abord il n'y a rien eu... il n'a pas
voulu... vous voyez bien... Et puis nous n'avons pas
eu le temps... Il m'a dit de m'en aller parce qu'on
chercherait après moi...

— Je le saurai, dit Lemény.

— Vous pourrez faire regarder... Je sais bien que
cela peut se voir... Je ne crains rien... Puisqu'il n'y
a rien eu... Il m'a seulement...

— Quoi ?

Elle se tut.

Lemény était effrayé de ce que connaissait cette
petite fille.

— Qui vous a appris tout cela? lui demanda-t-il.

— Oh! il y a longtemps... Une ancienne bonne à
nous... Elle me racontait ce qu'elle faisait avec son
amoureux... Et puis j'ai vu...

Berthe se taisait, se mordant les lèvres.

— Et puis ? demanda Lemény.

Silence.

— Et puis vous avez vu ?... Qu'est-ce que vous avez
vu? Parlez. Qu'est-ce que vous alliez dire? Vous
avez vu ?... Parlez donc ! Je ne vous gronderai pas...
Vous savez que je ne suis pas méchant... et que je
vous aime bien...

Il l'embrassa.

Berthe leva sur lui ses grands yeux où brilla une
expression de malice, et elle eut un sourire vite ré-
primé ; puis elle reprit sa mine contrite. Elle avait

compris l'impression qu'elle faisait sur cet homme, qui se serrait contre elle, la dévorant du regard, et dont elle voyait trembler les lèvres et les mains.

— Eh bien, dit-elle, j'ai vu ma sœur... dans la grange...

— Laquelle ? Thérèse ?...

— Oh ! non... Marthe.

— Marthe... Eh bien ?

Il était haletant de curiosité.

— J'ai vu par le trou de la porte... Elle était avec le garçon de cour... Vous savez bien, Ambroise, le garçon de cour... qui avait une ceinture rouge...

Leméry cessa d'interroger. La rage se mêlait au tumulte de ses sens en révolte. Ainsi, cette Marthe pour laquelle il avait tant soupiré, se livrait à un valet de ferme !... Éternelles dupes que sont les hommes !

Il prit la tête de Berthe dans ses mains et, posant sa bouche sur sa bouche, il y appliqua un baiser qui la brûla comme un fer rouge : — Je t'aime, je t'aime, lui dit-il, je t'adore. Tu vivras avec moi... Tout ce que j'ai est à toi... Tu verras comme tu seras heureuse... Je te mènerai au restaurant et au spectacle... Je t'achèterai des robes... Tu seras ma petite femme.

Le fiacre s'arrêta. On était rue des Écoles.

XXIV

Thérèse vint passer deux jours à Paris, où elle accompagnait la famille chez laquelle elle était institutrice. Elle dut descendre à l'hôtel avec ses élèves et ne put aller jusqu'à la rue des Écoles. Lemény et Berthe étaient à l'arrivée du train à la gare Saint-Lazare et Thérèse obtint la permission de déjeûner avec eux dans un restaurant du voisinage.

On lui avait écrit pour lui apprendre que Berthe n'avait pu rester dans sa pension, où elle s'ennuyait trop, que Lemény l'avait prise chez lui et qu'elle suivait en qualité d'externe les classes d'une pension du quartier. Thérèse avait accepté cette version sans aucune défiance.

On parla de Monclin. Thérèse avait reçu une lettre de Mme Heuduin, qui lui donnait beaucoup de nouvelles.

Mme veuve Savelon, autrement dite Sylvestrine, allait quitter le pays pour habiter Amiens à cause de l'éducation de son fils. La maison du père Savelon était en vente.

Elmire Goret avait dû se marier avec le nouveau percepteur de Saint-Valery, mais le mariage avait manqué.

Par contre, on reparlait de celui d'Hermance Poulette. « Devinez avec qui, écrivait Mme Heuduin, la chose la plus incroyable, la plus étonnante, » etc.

Mme Heuduin imitait Mme de Sévigné dans la gradation des superlatifs d'admiration. Bref, c'était de M. Pinceprez qu'il était de nouveau question pour elle. Cette fois on conseillait à Poulette de renfermer le fiancé en chartre privée dès la veille de la cérémonie. Encore était-il capable de répondre non à la question du maire.

La première communion avait été magnifique. Estelle Prache y avait chanté un *O Salutaris* et l'abbé Wagré avait joué de l'harmonium. A l'adoration perpétuelle, on avait bien regretté l'absence de Thérèse pour la décoration de l'église, disait Mme Heuduin. Elle et la sœur des Anges avaient essayé de la remplacer. Il y avait de belles tentures rouges et tout en haut, au-dessus de l'autel, des oriflammes avec des ciboires et des ostensoirs en papier doré.

Tous ces menus détails n'avaient d'intérêt que pour Thérèse et Lemény. Berthe, pendant qu'on commentait la lettre de Mme Heuduin, n'était occupée que de regarder si les messieurs jeunes ou vieux qui dînaient dans la salle, faisaient attention à elle et elle leur décochait des œillades qui n'échappaient pas à Lemény.

La jalousie du malheureux était toujours en éveil et elle n'avait que trop de raisons de ne pas s'endormir.

Quand elle sortait avec Lemény sur le boulevard Saint-Michel ou au Luxembourg, elle lançait aux étudiants de tels regards de ses yeux noirs, que parfois ils rebroussaient chemin après l'avoir dépassée, et se mettaient à la suivre. Elle se retournait à demi, pour les encourager et laissait tomber une fleur de

son corsage. Lemény tout voûté et paraissant plus
vieux que son âge, cheminait à côté d'elle de son pas
fatigué un peu traînant, pareil à un Cassandre au
nez duquel on embrasse sa nièce.

Le pauvre homme n'était pas plus rassuré quand
elle ne sortait pas. Il la surprit plusieurs fois, en-
voyant des baisers par la fenêtre à des hommes ar-
rêtés sur le trottoir de l'autre côté de la rue. Les fenêtres ouvertes ou les rideaux relevés, elle se mettait
sur son tub et restait nue à errer dans la chambre
pour donner le loisir de la bien voir à deux jeunes
gens qui habitaient l'appartement d'en face et qui la
lorgnaient avec des jumelles.

Lemény observait ce manège et n'osait rien dire ;
comme il lui en avait fait un jour l'observation, elle
avait répondu en se redressant dans sa nudité inso-
lente et formant comme une corbeille d'offrande à ses
seins de ses deux mains ouvertes, elle les avait mon-
trés en disant :

— Alors il faudrait garder ça pour toi tout seul, un
vieux babouin comme toi ?

Bien qu'il ne s'absentât plus guère du logis et
qu'il ne la laissât sortir qu'avec lui, elle trouva
moyen d'avoir une intrigue avec un Roumain
qui habitait dans un hôtel du voisinage ; il découvrit
les lettres de celui-ci au fond de la boîte à ouvrage.

Un jeune médecin, le Docteur Dodancourt venait
tous les jeudis dîner chez Lemény ; il était originaire
de Rhône-et-Durance et fils d'un huissier de la préfecture ; tout enfant, il avait, par son intelligence et
sa précoce raison attiré l'attention de Lemény qui

s'était intéressé à lui, et n'avait pas cessé de le suivre dans le cours de ses études. Le jeune homme
avait pour son protecteur un respect et une reconnaissance qui n'empêchaient pas Berthe de chercher
son pied sous la table et de frotter sa jambe contre
la sienne. Lemény dut renoncer à le recevoir.

Du reste elle ne rejetait ni ne dédaignait personne ;
un ouvrier peintre qui travaillait, suspendu sur sa
planche, devant la façade de la maison, avait part à
ses coquetteries et à ses avances. Lemény forcé de
sortir trouva en rentrant chez lui une odeur de pein-
ture qui lui fit soupçonner que l'ouvrier était peut-
être entré chez lui ; il ouvrit le buffet et découvrit ca-
chés dans un coin deux verres qu'on y avait remis
sans prendre la peine de les essuyer et dans les-
quels on avait bu du Malaga et trempé des biscuits.

La femme de ménage de Lemény s'était faite la
complaisante de Berthe. C'est elle qui portait les
messages.

Le pauvre homme endurait tout, pourvu que Berthe
restât près de lui, car tous les jours, elle le menaçait
de s'en aller ; il obéissait à tous ses caprices ; il la sup-
pliait ; il pleurait et se mettait à genoux devant elle.

XXV

Un matin après une course dans le quartier, Lemény trouva l'appartement vide.

Les paquets de Berthe, préparés d'avance, avaient été enlevés.

A l'Abat-jour de la lampe posée sur la table de travail, la lettre suivante était épinglée toute ouverte :

« Mon vieux chéri

« Je m'en vais parce que je t'aime trop. C'est pour ton bien, ce que j'en fais, tu te fatiguais. A ton âge, ce n'est pas bon. Tu vas bien te reposer à présent. Ça te fera du bien. Tu vois comme je pense à ta santé.

« Ne cherche pas à me retrouver. Je m'en vais avec un jeune homme très bien que tu ne connais pas, il va me faire voyager. Ne te casse pas la tête pour savoir où je suis, tu ne me trouveras pas, Nicolas.

« Bonjour à ma sœur quand tu lui écriras.

« Ta petite BÉBERTE qui t'aimait bien tout de même. Oh ! oui, va !...

« Adieu pour la vie ! »

Lemény s'attendait de jour en jour à cette fuite ; il n'en restait pas moins anéanti devant cette lettre dont le mélange d'ironie populacière et de sentimentalité canaille résumait bien la nature de Berthe, telle qu'il la connaissait depuis longtemps.

Il songea d'abord à se tuer ; mais la pensée du ravisseur lui fit remettre au tiroir le revolver qu'il en avait tiré : — Lui d'abord, dit-il, et elle après... Oh ! je les retrouverai ! je les retrouverai !...

Il ne lui fut pas difficile en effet de découvrir la retraite de la disparue. Une agence de recherches pri

vées à laquelle il s'adressa, le renseigna dès le lendemain. Berthe et son amant n'avaient pas pris la
peine de se cacher. On pouvait les voir tous les soirs
dans un café de la rue Soufflot.

Lemény ne les tua pas ; il fit porter à Berthe des
lettres suppliantes, lui demandant d'avoir pitié de lui,
de lui accorder seulement un instant d'entretien, lui
promettant de ne pas la retenir, de la laisser libre de
faire ce qu'elle voudrait.

Berthe, au bout d'une semaine, se laissa toucher
et accepta non pas d'aller chez Lemény, mais de le
rencontrer au Luxembourg, auprès du monument
de Delacroix.

Il l'aborda avec des larmes dans les yeux, la con-
jura de revenir à l'ancien logis ; il lui offrit sa fortune,
lui promit de lui permettre de voir son amant :

— Tout, tout pourvu que tu reviennes !.. disait-il en
sanglotant.

— Non, mon petit vieux, c'est impossible, répondait Berthe ; mais si tu veux... Je ne remettrai jamais les pieds chez toi ; mais je te permettrai de me
conduire à l'hôtel... Hein, je suis gentille ? Tiens,
demain si tu veux à une heure et demie... Mon ami
va à la campagne... Je passerai l'après-midi avec toi...
Tu vois comme je suis bonne !...

Lemény fut bien heureux encore d'accepter la fiche
de consolation que lui offrait Berthe.

Le lendemain il déjeuna plus copieusement que
d'habitude. Il était servi par Mme Dobbé, la femme
de ménage qu'il avait reprise après l'avoir renvoyée
dans l'espoir qu'ayant été la complice de Berthe

dans son évasion, elle pourrait servir d'intermédiaire entre elle et lui.

Son café bu, il avala deux petits verres de liqueur et sortit tout guilleret.

Quelques minutes après, il rentrait pâle et défait, presque chancelant.

Mme Dobbé qui n'avait pas fini de relaver sa vaisselle était encore là.

— Je ne suis pas bien, dit-il, je vais me mettre au

A peine couché, il fut pris d'un tremblement.

— Si j'allais chercher le médecin, dit Mme Dobbé.

— Non, non, ce n'est rien ; cela va passer, protesta Lemény. Restez là seulement pour si j'avais besoin de vous...

Vers quatre heures pourtant il envoya chercher son médecin.

— Le Docteur était sorti, dit Mme Dobbé en rentrant, voyant ça, j'ai été chez M. Jules...

C'est ainsi que la femme de ménage appelait le jeune Docteur Dodancourt, le protégé de Lemény.

— M. Jules n'y était pas non plus, continua-t-elle ; mais il ne sera pas long à revenir, il était dans le quartier. J'ai bien recommandé qu'on l'envoie tout de suite.

Lemény trouvait qu'il tardait bien à arriver.

Il demanda du papier sur lequel il griffonna quelques mots au crayon : — Tenez, dit-il, portez cela chez le pharmacien...

En ce moment, on sonna à la porte.

C'est M. Jules, Monsieur, s'écria Mme Dobbé.

Lemény froissa le papier et le cacha sous l'oreiller.

— Vous avez les symptômes d'un empoisonne-ment, dit le Docteur Dodancourt ; vous avez pris quelque chose qui vous a empoisonné... Quoi ? Rap-pelez-vous...

— Je ne me rappelle pas, dit Lemény.

— Monsieur avait écrit au pharmacien, intervint la femme de ménage... Il a caché son papier sous son oreiller quand vous êtes arrivé... Peut-être on pourrait voir...

Mais Lemény s'opposa de tous ses efforts à laisser prendre le billet.

Le médecin remarqua alors sur la table un diction-naire de médecine laissé ouvert.

Il s'approcha et lut le mot : « cantharidide ». Ce fut pour lui un trait de lumière.

Lemény avait voulu faire oublier son âge à Berthe. Pour que la comparaison qu'elle ferait entre lui et son jeune amant, ne lui fût pas trop désavantageuse, il avait eu recours à un aphrodisiaque et en avait pris une dose trop forte.

Le Docteur Dodancourt envoya immédiatement Mme Debbé chercher un contre-poison, composé d'opium et de camphre ; mais Lemény fut pris de vomissements que rien ne put arrêter.

A quatre heures du matin il expirait.

Courbevoie. — Imprimerie E. Bernard, 14-15, Rue de la Station.